U0926768

青春格子铺

温暖便当盒

亲情

Warm Lunch Box

主编 崔钟雷

H.P.H 哈尔滨出版社

前言

青春如酒，成长正酣，年少的时光总是让人沉醉，还记得那些曾经美好的记忆和感动吗？它们如同夏日里拂过心间的轻风，带走烦恼，带走忧愁；又如冬日里和煦的阳光，在寒冷的岁月里送来希望，播撒梦想；温暖你前行的脚步，赋予你拼搏的力量。

为了填补孩子们的阅读空白，丰富他们的情商；帮助他们摆脱挫折的阴影，重拾自信与梦想；抚慰青春躁动的心灵，让他们在浮华的世界体味真实的快乐，感悟人生的真谛，我们特此精心编纂了这套“青春格子铺”。不论是无忧无虑的童年时光、血浓于水的温暖亲情，还是锲而不舍地追逐梦想、海纳百川的宽容胸怀都在这套丛书中得到体现，愿你在此书中感知世间纯真的温暖与光明，品味幸福与温情，把握住人生最美好的时光，找到自己前进的方向。

本套图书文辞清新简练，灵秀隽永，故事篇幅各异，但蕴意深远。用心体会每一个故事，都会获得一丝明悟。不能带你去天堂，可是会借你一双翅膀；不能带你登上顶峰，可是会充当你的拐杖。在书中您可以聆听先贤教诲，观摩智者风采；早日翻越人生的险峰，找到属于自己的天空。

目录 Contents

闪光的母爱

父爱如灯

在爱的阳光下，不再流浪

飘香的生命

闪光的母爱

闪光的母爱

刘　卫

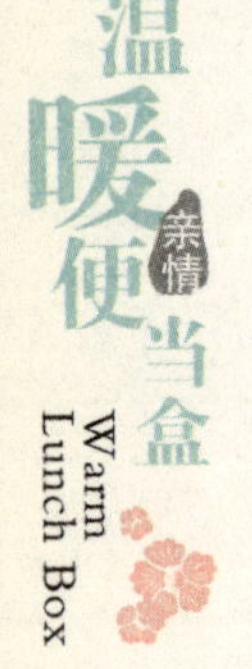

她是一个不幸的女人，在一个风雨交加的夜晚，一辆肇事车将她从斑马线上撞飞出去，又在茫茫夜色中逃逸。她又是幸运的，我们交警和医院、保险、社会保障等部门统筹协调，刚刚开通了“交通事故绿色生命通道”。这个“绿色通道”，让她第一时间得到了医疗救护，没有医疗费用上的后顾之忧。

自从入院以来，她一直昏迷不醒。医生说她脑部神经受到损伤，也许永远也醒不了了。她怀有身孕，已经五个多月了。出于治疗上的需要，应该考虑引产。可当她从神经外科转到妇产科病房时，医生却迟迟下不了实施这个手术的决心，她腹中的胎儿不仅发育正常，而且在一些生命指数上高于同孕期胎儿，这简直是一个奇迹。

她的身世也是个谜。在事故现场，只遗落着她简单的行装。她是谁？她有着怎样的人生？她从哪里来要到哪里去？她的匆匆旅程是与谁相约？她腹中胎儿的父亲又是谁？这其间有着怎样的故事？只要她不清醒，这一切都将无从得知。更没人清楚，她出事之前的日子是快乐还是忧伤？

她得到了妇产科护士最精心的护理，她们让她的身体始终干净清爽，散发着孕妇特有的芬芳。她们愿意与她共同创造一个生命奇迹。

时光在她的昏睡中一天天地过去了。后来她被推进了产房，医生骄傲地宣布："5千克重的男婴，健康极了！"那一刻有掌声响起。

护士小姐把她的孩子抱给她看，她们觉得母亲虽然是植物人，但是也应该让母子见见面。她们惊喜地发现她胸前濡湿了一片，有乳汁分泌。她们小心翼翼地把婴儿的嘴贴上去。随着婴儿本能地吮吸，她脸上的肌肤竟然在微微颤动，那分明是在笑啊。此后，每当护士把她的孩子抱来吃奶时，她的脸上都会出现这种幸福洋溢的表情，有时嘴里还会发出含混不清的音节，一如一位快乐的母亲在对着婴儿呢喃细语。神经科医生以此推论：她的大脑可能一直是有意识的、清楚的，只是神经中枢的连接出了问题，使她失去了语言与行动能力，无法表达自己的思想与感受。

她的身体早已虚弱到了极点，母乳喂养，只能加速她的衰竭。可是，谁又能忍心剥夺她这样一位母亲哺乳的权利？

三个月后，在让孩子吃

得饱饱的之后，她终于平静安详地离开了这个世界。很多人都想领养她的孩子。几经权衡，我们还是选择了儿童福利院。在福利院长大的孩子都姓“党”，老院长说了，他们不会让这个孩子受一丁点儿委屈，否则就对不起他的妈妈。

依据有关的政策，她的丧葬费只有几百元，这是不能把一个人体面地打发上路的。我们交警队事故科的同事凑了2000元钱，请护士小姐们给她买几件新衣服。护士长却说：“不用了，我们都已经准备好了。那一天，我们医院所有已经做了母亲的和将来要做母亲的人，都会去送她。”护士长还说，“她住院时体重60.5千克，分娩后体重43千克，临终前的体重只有31.5千克。她是在用自己的血肉孕育、哺育这个孩子。本来她生下他后，就可以‘走’的，可是她怕自己的孩子没有奶吃，怕他觉得孤独，就又在人生路上陪他走了一段。”

智慧博客

尽管故事中的女人已经成了植物人，但她仍在尽力履行一个做母亲的责任。她没有任何言语，却是在用生命孕育、哺育她的孩子，直到生命的最后一刻。这份母爱让人震撼、让人尊敬。

愧疚的泪水

罗　刚

天热的时候，母亲总喜欢在肩上搭条毛巾(那种花5角钱就能在商店里买到的洗脸毛巾)，不时去擦脸上的汗。后来母亲有了头痛的毛病，就常常把毛巾扎到头上，不管春夏秋冬都没有取下来过。

我在武汉读书的时候，头上扎着毛巾的妈妈来看我。我怕同学们知道我有这样的一个“老土”妈妈，便对母亲说：“你回去吧，你在这里我学不了习了。”妈妈转过身，擦了擦眼睛就走了，我没有去送她。

大学四年，我很少回家，也从来没有写过家书，妈妈却很准时地把生活费寄过来。回到家里，我也总是对母亲爱答不理的。大学刚毕业的时候，我把不要的东西搬回家，就在快要到家的时候，我出了车祸。

过路的人中有人认出我是老罗家的三儿子，于是腿脚麻利的大哥二哥大嫂二嫂都来了，看着浑身是血不省人事的我，他们哭成一团，乱了阵脚。最后赶来的母亲拨开人群，抱起已被人们断定必死无疑的我，拦住路旁的一辆大汽车，她用毛巾裹住我的伤口，用肩扛着我的身体，从衣袋里摸出一大把零钱塞到司

机手里，然后不停地请求司机把我送到医院抢救。嫂子说，她从来没见过懦弱的母亲那样坚强而有力量！

在认真清理完伤口之后，医生让我转院，并暗示大哥二哥准备后事。

母亲扯碎了大哥绝望之时为我买来的寿衣，大哥终于忍不住哭了。母亲说："你们不要哭，我都没哭，你们更不要哭，老三不会死的，他才二十多岁，他一定行的，我们一定能救活他！"

医生仍然表示无能为力，他让大哥对母亲说："这孩子没救了，即使要救，也要花很多的钱，就算花了很多钱也不一定能行。"

母亲一下子跪在地上，又马上站起来，把沾满血的毛巾向肩上一搭说："求求你们了，救救我的儿子，我儿子有出息、了不起，你们一定要救他。我会挣钱交医药费的，我会喂猪、种地，我还可以出去打工，我什么都可以做，我有钱，我现在有 4 000 块钱。"医生握住她的手，摇摇头，表示这 4 000 块钱是远远不够的。母亲急了，指着哥哥嫂子，紧紧握起拳头说："我还有他们，我们一起努力，我们能做到。"见医生不语，她又说："我有房子，可以卖，我可以睡在地上，就算是倾家荡产，也要我儿子活过来，医生，请您放心，我们不会赖账的。钱，我们会想办法。"

看惯了生生死死的医生已是潸然泪下。

伟大的母爱，不仅支撑起我的生命，也支撑起医生抢救我的信心和决心。我被推上了手术台。

母亲守在手术室外，她不安地在走廊里来回走动，不停地用毛巾擦汗，竟然把毛巾都擦烂了。在守候的十几个小时里，她不停地做着拜佛、祈求天主的动作，恳求上苍给儿子生命。医院的人都感动得掉下了眼泪。只有母亲，她守在我的床边，坚定地等我醒来。

为了让医生和护士们对我好，她趁哥哥换她陪床的空当，做了一大盘热腾腾的水豆腐，几乎送遍了外科所有医护人员。尽管医院有规定不准收病人的东西，但面对如此质朴而真诚的表达和请求，他们怎么好拒绝？母亲满足了，更有信心了。她说："你们真是大好人，你们一定能治好我的儿子！"

半个月后的一个清晨，我终于睁开眼睛，我看到一个瘦得脱了形的老太婆。因为看到我醒来，母亲惊喜得满脸都是泪水，那半个月前还黑着的头发，如今全白了，半个月，母亲好像老了 20 岁。

以后的日子，都是母亲陪着我，我们聊天，我们做游戏。曾经，这对母亲而言是多么奢侈的享受啊！

我终于出院了，却猛然发现母亲的毛巾不见了，大哥告诉我："妈妈怕你看见她的毛巾不高兴。"

霎时间，我愧疚的泪水奔涌而下……

智慧博客

俗话说"子不嫌母丑"，即使母亲很"土气"，她的心却是那么美；即使你嫌弃她，母亲的爱依然是那么浓。不要做伤害母亲的事情，那会成为你以后最大的遗憾。

母爱是一剂药

罗西

舒仪要远嫁到福州去，她的妈妈是极力反对的："上海这么大，为什么非要嫁到福州去？"女儿大了，女儿有自己的想法，也应该有自己的感情生活了。但是，妈妈的态度仍然强硬。舒仪没有退路了，因为她已经不小心怀上了亲密爱人的孩子，她以为生米煮成熟饭，会让妈妈改变主意，给他们祝福。但是，她错了，母亲有些不可理喻地勃然大怒："我最恨被人家要挟，你有种，就不要再回这个家，也不要认我这个妈！"

两年前的暮春，舒仪牵着丈夫的手，在上海浦东机场，他们办完了所有登机手续，但是舒仪仍执著地向安检门外张望着。她希望出现奇迹，那个奇迹就是妈妈的身影，她泪眼婆娑，心情复杂，广播里不断响起他俩的名字："请……到四号登机口登机。"

这一走，母女仿佛就成了陌路人。多少次，她打电话回上海家里，独居的妈妈总是不肯接。舒仪曾一度认为，是极端的母爱导致了如此的病态。可是，她并不知道，在妈妈伤心的梦里，全是女儿幼时清脆的笑声。多少次，母亲一个人在

家,也想给女儿拨一个电话,但是,她最终都是只拨了区号就停了下来。

母亲很早就与父亲离婚了,所以,舒仪是妈妈一手带大的,可以说是相依为命。如今"身上掉下来的那块肉"已经不再属于妈妈了,她回忆起在女儿四岁时和女儿的一次对话,不禁会心一笑。

女儿问:"妈妈,我是从哪里来的?"

母亲答:"你是妈妈身上掉下的一块肉啊。"

女儿恍然大悟:难怪妈妈这么瘦!

屈指一算,女儿离开自己已经快八百天了。去年七号台风来临前夕,母亲在中央台新闻联播后准时地坐在电视机前看天气预报。她每天都特别关注福州的天气,因为女儿在那里,她以这种特别的方式继续爱着女儿、关注着女儿。

就在这时,电话铃响了起来,一看来电显示,还是福州的。今天已经三次拒接了,这次不知道为何母亲居然把话筒拿了起来。电话那头是女婿的声音:"妈,舒仪生病了,您可不可以过来看一下……"母亲心一沉,几乎是撑着身体听完电话的。

第二天,母亲搭第一班飞机到了福州。机场,女婿接她的时候,她感叹一句:"原来没有我想象的那么远。"当她得知女儿在

家里而不是在医院里时，她的倔脾气又来了："是不是你们骗我来的？"女婿只好坦白交代说，他们的女儿得了小儿肺炎不治夭折，都已经一个月了，舒仪还是没有从悲痛的心境里走出来。最近情况更是严重，她连丈夫都不认识了……每次给她喂药，她都会极力地抗拒，有时甚至挥舞着菜刀，咆哮着："你们都是凶手，想害我女儿，给我滚……"

听到这里，母亲老泪纵横，不停地喊着："我的傻宝贝啊，我的傻宝贝……"当她步履蹒跚地跟着一行人刚进门，舒仪便举着刀迎了上来。危急之际，没有人敢上去，唯独六十多岁的老母亲，佝偻向前，哭着喊着舒仪的乳名，舒仪无神的眼睛似乎亮了一下，扔下菜刀，坐在地上喃喃自语……

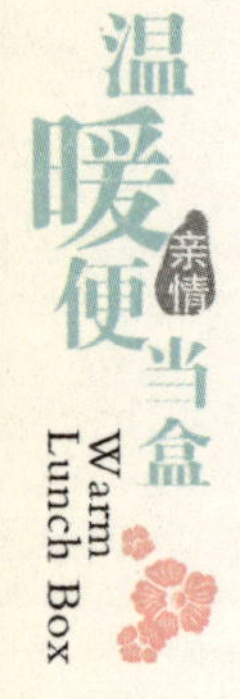

接着，老母亲一口一口地小心喂着已年过三十的舒仪。"真乖，再吃一口。"舒仪的母亲噙着泪声声地劝慰着，而舒仪则幸福如小宝宝般依偎在她身旁，嬉皮笑脸的，那么轻松自在……

在场的人先是惊讶，之后都泪流满面。舒仪，她什么都忘了，唯一记得的，只有母亲。

经过一段时间的治疗，加上母亲寸步不离地陪护，舒仪终于清醒过来了。当她喊出第一声"妈"的时候，在场的人无不动容，医生说，这是奇迹，母爱是她最好的药。

智慧博客

母爱是一剂良药，时刻抚慰着儿女。当悲伤与不幸降临到这对多年相依为命的母女身上的时候，母亲放弃了所有的偏见，无微不至地照料生病的女儿，创造了生命的奇迹，谱写出了爱的赞歌。

母亲的包裹

朱 青

在我来苏州工作以前，母亲是不会寄包裹的。有一年的春节，在新加坡定居的姨妈寄来了当地的时令水果。母亲拿到包裹后，首先看到包装盒上的邮资25美元，这是一个她无论如何也接受不了的数字。母亲一边嘟囔豆腐变成肉价格，一边心疼姨妈花的钱。我吃着那些形状古怪、色彩绚丽的热带水果，心里嘀咕着：母亲未免显得太小气了吧。

去年夏天，我从学校毕业，离开家来到了苏州，8月的天气，潮湿闷热。到用人单位报到，找房子，搬行李……一堆的事接踵而来。对饮食的不习惯和初来对环境的不适应让我觉得浑身不舒服，我躺在床上，头晕目眩，四肢乏力。晚上母亲打来电话，问到一日三餐，我抱怨苏州的菜太甜，无意间流露出想吃母亲做的泡菜。没想到过了几天，我收到了从家里寄来的包裹。寄件人一栏是规规矩矩的母亲的名字，我甚至能想象得到母亲第一次寄包裹写下自己姓名时那种神圣而虔诚的样子。打开包裹，盒子中间是结结实实装满泡菜的瓶子，瓶子的四周被细心地塞满小块的棉花。不等到粥凉，我便就着泡菜一口气喝下三碗

粥，这时，我顿时发现全身通达舒畅，五脏六腑和谐熨帖，真是说不出来的惬意。原来母亲的包裹可以是一剂良药，一服下去，药到病除。

第二次接到母亲的包裹是十月的某一天，早上路过传达室，看门的老头叫住了我并递过来一个包裹。当一件鲜红的毛衣抖落在我的面前时，我才恍然大悟：今天是我 24 岁的生日。毛衣里还飘出了一张夹在里面的信纸。母亲问我最近怎么样，是不是工作很忙，也不给家里打电话。直到此时，我才发现自己对母亲的关爱是多么疏忽，那些为不能打电话回家而找的借口是多么荒唐可笑。母亲的包裹是一面镜子，照出了我的卑微，也照出了母亲那颗高洁的心。

过年，我因为单位值班不能回家。母亲寄来好多我最爱吃的牛肉干，没想到大受欢迎，被同事们一抢而空。我打电话告诉母亲，电话那头的她满心欢喜，说再寄来。果不其然，几天后，又一个沉甸甸的包裹放在了我的办公桌上。

前两天打电话回家，母亲的腰椎病又犯了，我说买点儿药寄回家，母亲突然又变得唠叨和固执起来，说邮寄费太贵省点儿钱。世界上有一种爱永远只求给予，不求回报，那就是母爱。

智慧博客

“儿行千里母担忧”，一向节俭的母亲为了孩子，不辞辛劳地邮寄包裹，这包裹传递着牵挂与爱的信息。包裹中寄予着慈母牵挂的心，包含着金钱无以匹敌的对女儿的深深关爱。

慈母恩情重如山

马文博

可以说,冯吉那一次绝对是有预感的,要不,怎么会喊出那句话呢?

那时,天阴得极深,乌云像是三年没洗过澡的白狮子狗,脏兮兮地伏在半空中。从娘娘山谷蹿出的冷风,呼啸着在乌云和路面的狭小空间里强劲地肆虐。密密麻麻的汽车,萎缩成一只只可怜的甲壳虫,于天寒地冻的路面上小心翼翼地爬行……

冯吉早就被压得喘不过气来。尽管他命司机关了空调,可满身还是湿漉漉的。他解开胸前的纽扣,愤怒地吼道:"超车!"

司机将头扭过来,胆怯而又为难:"冯总……"

"超!"冯吉又吼了一声。司机不敢再出声,一咬牙,小车飞快地打着滑擦着前面面包车的车身摇晃着飞驰而过,吓得面包车上的人一阵惊叫。

冯吉急啊!天下的麻烦事怎么一齐落到了头上呢?他的公司因无钱购原料已停产四天了,几千人的企业一天得损失多少啊?可家家银行跟看笑话似的就不贷款;他的拳头产品"透心凉"牌空调,被一个奸商抢先注册,反告他侵权,明

天开庭；儿子参军，身高差两厘米不够待招线，妻子哭着要他快跑“关系”；还有，不知犯了哪门子邪，外甥女非要来他公司当秘书，他为难……屋漏偏逢连阴雨，这不，他的心腹财务科长竟窃走公司仅剩的30万潜逃了。

手机响了。冯吉刚“喂”了一声，就听对方骂起来：“你还是不是人？真不要老娘了？”他愣了，是姐姐。可不是，前天接了姐姐两个电话，乡下母亲突患脑溢血住院，院方连下三次病危通知。“我……一会儿就到。”冯吉匆匆挂了电话，双目紧闭。唉！累，真累！假如现在没有了他，这个家、这个公司、这个世界通通完蛋。

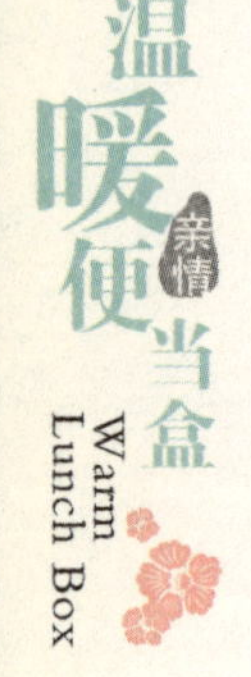

突然，司机怪叫了一声。朦胧中，冯吉瞥见一辆乌黑的大卡车以排山倒海之势迎面压来。他绝望地喊了句：“大爷，再给三天……”只听“轰”的一声，他就什么都不知道了。

司机当场死亡。冯吉无大伤，却昏迷了18天。第十九天，当他苏醒时人们告诉他：银行已贷款，公司也恢复了生产；官司打平了，不输不赢；财务科长已抓住，款也追回；儿子已被特招；外甥女已到公司上班，如愿当了秘书……他呆呆的，身子一下子软了许多。忽然，他想起母亲，不顾阻拦坚持要回乡下。

母亲脸色惨白，目光呆滞，气若游丝。当冯吉泪流满面地紧紧握住母亲的手时，母亲的眼睛一下子明亮起来，像一道彩虹，紧接着永远地熄灭了。

姐姐哭道："娘不肯走，就是想见你一面啊！"

冯吉号啕大哭。他忽然明白了——其实，这世界上，无论什么事离了他都行，唯一离不开他的只有自己的老娘。

智慧博客

生活中，也许有很多亲朋好友依靠于你、求助于你，只有母亲对你一无所求；当那些人不再需要你而抛弃你的时候，只有母亲依然守护着你。带着那独有的慈爱，带着那坚信的眼神，在人生路上为你遮蔽烈日风雨，陪你走向幸福之路。

给妈妈的信

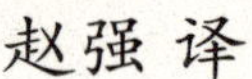

赵强 译

我决定加入美国海军陆战队时，还不到17岁。妈妈竭力劝说我放弃这个念头，但最终还是在同意我参军的文件上签了字。

新兵训练结束后，我被送到了地球的另一端——菲律宾的苏比克湾海军基地。在加入海军陆战队以前，我还从未去过离新泽西的家80千米以外的地方。

到菲律宾快两年了，我已经把这儿当成了家。一天，我被叫到博伊德中校的办公室。中校看起来很和善，但我敢肯定他叫我来不是为了打发时间。

中校正在看文件，我站在他的办公桌前，忐忑不安地等着。忽然，他抬头问道："列兵，你为什么半年多都没有给你母亲写一封信？"

我感到腿有些发软，暗自思忖：真的有这么长的时间吗？

"长官，我没什么可写的。"

中校用怀疑的目光看着我。当时的实情是：在闲暇时间，我们这些年轻的海军陆战队员们有太多的开心事去做，对我们中的大多数来说，其他任何事情似乎都不那么重要。

博伊德中校告诉我，我妈妈已经找过美国红十字会，接着红十字会又和他就我不写信的事进行了联系。随后，他问："列兵，看到那张办公桌了吗？"

"是的，长官。"

"拉开桌子的抽屉，里面有纸和笔。马上坐下来给你妈妈写点儿什么。"

"是，长官。"

写完一封短信后，我又站到中校面前。

"列兵，我命令你至少每周要给你妈妈写点儿什么。明白了吗？"我照办了。

大约三十五年后，年迈的妈妈脑力开始下降，我不得不送她到疗养院。给她收拾行李时，我翻看着一只旧的松木箱子。在箱子底部，我发现了一捆用鲜艳的红丝带捆扎的信件。

这是我在菲律宾时被命令写下的那些信件。整个下午，我坐在她公寓的地板上一封封地读着这些信，泪水顺着脸颊流了下来。我终于明白了，自己年轻时由于偷懒而使妈妈何等不安。

直到那一刻，我才认识到这一点，对妈妈来说，这也许太晚了，但对我还是有用的。

如今，我已用不着长官站在面前命令我定期给亲人写信了。

智慧博客

被别人提醒才知珍惜亲情的人，在悔悟的同时心中应有份羞愧。亲情永远不应被遗忘，因为它常伴我们左右，给予我们真切的爱，帮助我们战胜人生的磨难，让我们为之感动。

妈妈的手机响了

雨轩情怀

一转眼，母亲都60岁了。在母亲生日那天我送给她一部手机，手机一买回来，我就帮母亲把一些常用的电话号码输进去，并告诉她如何接发短信，然后把说明书交给母亲，让她自己琢磨去了。

几天后，母亲打来电话，说还是不太会用手机，说明书的字太小了，看着费劲儿，尤其是一直都搞不清如何接发短信，让我教她。周末赶回家，一进门便说要教她，母亲高兴得像个孩子。可是没说两句我就烦了，那么简单的操作方法，为什么身为教师的母亲就是理解不了呢？于是我不由自主地嗓门也提高了，语速也加快了。母亲显然察觉到我的态度，有点儿像做错事的学生，不敢再多说一句，放下手机做饭去了。

一看母亲做鱼我便来了精神，因为老公最喜欢吃母亲做的鱼，总说我做得不好吃，于是赶快拿来纸，笑着跑到厨房学艺。母亲告诉我，如果想做的味道一样，那么作料入锅的先后顺序也要一样。母亲一边说，我一边记，说得太快的地方，就让母亲再重复一遍，比如到底应该先放葱姜，还是应该先放大料，到底是

先放醋，还是应该先放料酒，我都问得仔仔细细，生怕漏掉任何一个环节。看着我的记录，母亲还笑着在重点环节上作了注释。

看着那张被母亲批示过的记录，我好愧疚。从小到大，无论大事小事，都是母亲手把手地教给我，从没有一点儿怨言，生怕我不能掌握，而我只为母亲做了那么一丁点儿小事，却那么不耐烦。于是我拿起手机给母亲发了一条短信："对不起，妈妈，请您原谅我刚才的态度。"

手机响了，母亲拿了起来……

智慧博客

母爱不求回报，也无法回报。不管我们做什么，我们得到的母爱都远远超过我们的付出。作为子女的我们，不应该沉溺于爱中而对母爱熟视无睹，学会感恩，学会给予，这样才能让亲情更浓、更纯。

血爱

李冰洁

朋友刚满月的小孩生病住院，我前去探望。见她正把一个透明状的器皿罩在乳房上，并不停地挤压乳房。刚开始挤出的还是乳汁，后来竟变成了血水。我大感惊异，忙问是怎么回事。朋友很平静地告诉我，因为孩子生病，怕感染，医生嘱咐她两个月内不准给孩子喂母乳。在这期间，如果不把乳汁挤出来，就会回乳，孩子以后将吃不到母乳了。为了防止回乳，她必须每天都把乳汁用吸奶器吸出来，吸的次数多了，导致乳房肿胀，并不时有血水溢出。

“那一定很痛吧？”我问。

“傻瓜。血都出来了，还有不痛的道理？”她冲我苦笑了一下。

“那就干脆让它回乳算了呗！”

“回乳?!”她睁圆了眼睛望着我,仿佛不认识似的。那眼睛里渐渐充满了泪水,全没了最初的平静。

“我的小孩才刚满月呢,再过两个月,也才只有三个多月,那么小就没有奶水吃,多可怜啊！”她把目光移到孩子瘦弱的小脸上,颤声道,泪水顺着脸颊淌了下来。触景生情,我不知道它里面包含了多少的怜惜与无奈。

我不敢再说什么,怕她会更伤心。最初我只是想到了她的疼痛,却没想到这疼痛在母性的慈爱面前是如此的微不足道。血浓于水,我再没有理由不相信。

有一种爱,是用血来维系的,它存在于整个生物界。在这种爱面前,任何描述都是苍白无力的。我记得有这样一种蜘蛛,在它出生之后,立刻要把老蜘蛛吃掉,而老蜘蛛竟毫无反抗之举,任小蜘蛛咬食,直到整个躯体变成了小蜘蛛的美餐,于是小蜘蛛长大,又开始了新一轮的繁衍。当时我对此颇感奇怪,现在我终于理解了,生物界既有原本的生物链规律,也有母亲对幼子发自内心的伟大的爱。由此我相信,如果需要,我的朋友也会毫不犹豫地用自己的生命来换取她孩子的健康。沧海桑田,世事变幻,而生命长存不息,延续至今,是因为有一种爱从未改变,那就是血爱。

智慧博客

爱可以让人舍弃一切。为了自己的孩子能吃上母乳,母亲不惜忍受疼痛的折磨。当孩子吮吸到母亲的奶水时,获得的不只是生命的养料,更是母亲那血浓于水的爱。

母亲一生中的8个谎言

傅亚丁

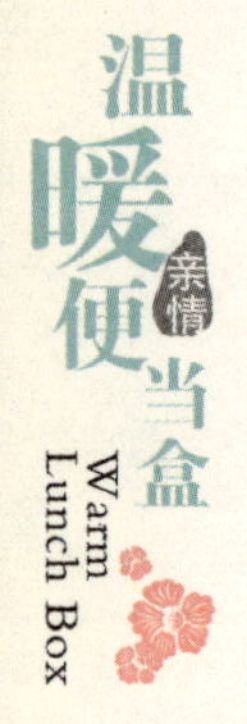

儿时，丁香家很穷，吃饭的时候，饭常常是不够吃的，母亲就把自己碗里的饭分给孩子们吃。母亲说："孩子们，快吃吧，我不饿！"

——母亲的第一个谎言

丁香长身体的时候，勤劳的母亲常利用周末休息去郊县农村的河沟里捕捉些小鱼小虾来给孩子们补充营养。鱼很好吃，鱼汤也很鲜。孩子们吃鱼的时候，母亲却在一旁咂鱼骨头。丁香心疼母亲，就把自己碗里的鱼夹到母亲碗里。母亲一边用筷子把鱼夹回给女儿，一边说："我不爱吃鱼！"

——母亲的第二个谎言

上初中了，为了给孩子们凑齐学费，当缝纫工的母亲就去居委会领了些火柴盒回来，晚上糊，挣点儿零钱补贴家用。丁香半夜醒来，看到母亲还弓着身子在油灯下糊火柴盒，就说："妈妈，睡吧，明早您还要上班呢。"母亲笑笑说："孩子，你快睡吧，我不困！"

——母亲的第三个谎言

中考那几天，母亲请了假天天站在学校门口为参加中考的丁香助阵。时逢盛夏，烈日当头，固执的母亲在烈日下一站就是几个小时。考试终于结束了，母亲迎上前去递上用罐头瓶装好的绿豆汤。望着母亲一头的汗水，女儿将手中的罐头瓶递过去请母亲先喝，母亲说："孩子，快喝吧，我不渴！"

——母亲的第四个谎言

父亲病逝多年，母亲又当爹又当娘，靠着自己在缝纫社里干活儿的微薄收入含辛茹苦地拉扯着几个孩子。胡同里修表的李叔叔知道母亲难，大事小事都过来帮忙，搬搬煤，打打水……人非草木，孰能无情？左邻右舍看在眼里，都劝母亲再嫁，何必苦自己。然而多年来，母亲为了孩子却一直守身如玉，别人一劝再劝，母亲都说："我不愿意！"

——母亲的第五个谎言

丁香读到高一的时候，因家庭经济困难，就同两个姐妹跑到沿海打工去了。丁香外出打工不久，母亲因单位效益不好下岗了。下了岗的母亲就在附近农贸市场摆了个小摊维持生活。身在外地的丁香

牵挂着母亲和尚在念书的弟弟妹妹，常常寄些钱回家，可母亲坚决不要，她说：“我有钱！”

——母亲的第六个谎言

丁香在外打工期间，用自己积攒的钱开了一家小餐馆。她经营有方，生意越做越好，生活条件也大为改善。条件好了，丁香想把年迈的母亲接来享享清福，却被母亲回绝了。母亲说：“我不习惯！”

——母亲的第七个谎言

晚年，母亲患了胃癌住院了，等到丁香赶回家时，母亲已来日不多。母亲老了，望着被病魔折磨得万分痛苦的母亲，想着母亲这一辈子吃过的苦，丁香潸然泪下。母亲却说：“孩子，别哭，我不疼！”

——母亲的第八个谎言

在“谎言”中度过了一生的母亲，终于安详地闭上了双眼。其实，在我们习以为常的生活中，真实的谎言往往可以把人抛入痛苦的深渊，而善意的谎言却能催生出这个世界上最美丽的花朵。

智慧博客

文中的八个谎言使人清晰地感觉到生活在母亲那美丽的谎言中的孩子是何等幸福。母亲默默地付出着自己的爱，为了孩子的幸福，她舍得放弃一切，即便这样，她也是满足而幸福的。

骚扰电话

勇　军

单位分了一套新房，我们一家三口欢天喜地地搬了进去，留下老母一人孤零零地待在旧房里。

也曾想与老母一同搬进新房，可妻子早就与老母闹矛盾了，儿子也不愿与唠叨的奶奶在一起，只好作罢，只哄说今后每星期一定来看妈。

我们的心情随着新房明快起来，生活充满了欢歌笑语，记忆中的老房子渐渐生疏模糊起来，也懒得再回去走动。

一天，我从外地出差回来，妻子告诉我说家里经常有莫名其妙的电话打来，刚一接对方马上就挂断了，十分奇怪。我说如今城里有些青年闲得无聊，专爱听女人声音求刺激，骚扰别人，你莫管他。可不久我也接连不断地接到此类电话，我有时在夜深人静的时候伏案写作，电话铃响了，刚一声“喂”，对方顿了一下，马上就挂断了，弄得我灵感顿失，有时忍不住一通儿臭骂。

一个星期天，一家人忙着准备晚饭，我备好钱正准备下楼买酱油，电话铃又响了，顿了一下便挂断了，我十分恼火，说明天一定上邮局安置一个来电显

示或防恶意呼叫功能，看到底是何人捣乱，告他个骚扰罪。正当我气呼呼地下楼时，我突然看见楼梯底下闪过一个黑影，我吃了一惊，可一见那人步履蹒跚，便一声“站住”断住了来人的去路。再一看，我惊呆了：啊，是母亲！

母亲一见我，赶紧低下头，说对不起，不该打电话骚扰你们，让你下楼看我。我更奇怪了，我问母亲难道这些电话都是你打的？母亲头更低了，说有时想你们想得太厉害，可又不敢常来看你们，只好打个电话听听你们的声音，心里就踏实多了。又说偶尔几天家里电话没人接，就担心不过，想是不是家里出了事？也不来通知我一声。有时我很晚听出你仍在读书写字，真想劝你多保重身体，可你总嫌我啰唆，只好闷在心里。每个星期天，我都乘车到你新家楼下，听着你们一家三口的欢声笑语，心里真是比蜜还甜。

我一下子什么都明白了，霎时泪水模糊了我的双眼。母亲怔怔地看着我，两行泪也不由自主地落了下来。我紧紧地拉住母亲那布满老茧的手，俩人哆嗦着，一步步上楼，直到迈进那温暖的家里，仍不舍得分开。

智慧博客

当我们组建了自己的家庭后，切不可忘记我们那头发花白的母亲，浓浓的亲子、思子之情，是永远无法割舍的。

母爱的姿势

卢守义

阔别故乡整整五年，我终于又回到了那个生我养我，令我无时无刻不魂牵梦萦的边陲小城。

几年不见，母亲已明显衰老。挺拔的背已经微驼，满头乌黑的头发似被霜打，唯有那双眼睛没有变——略显浑浊的眸子依旧闪着善良慈爱的光芒……

入夜，母亲执意让长大成人的我像儿时那样，和她同睡在一张板床上。我知道，这是她对我的爱的一种最直接、最近距离的表达方式。半夜，我忽然被一阵剧烈的咳嗽声吵醒：只见母亲把双手垫在胸前俯卧在板床上，似睡非睡地一声接一声地咳嗽着……此情此景，令我心头一阵发烫，母亲这种特定的睡眠姿势，我太熟悉太熟悉了，它陪伴我度过了从小学到初中整整 9 年的漫长时光。

我小时候贪玩，不到月上中天是断然不肯爬上板床的，所以早晨总是睡过头，上学迟到。就那时窘迫的家境而言，报时的闹钟是买不起的。每当由于上学迟到，班主任赶到家中“兴师问罪”时，母亲总会那样真诚地作检讨：“小孩子上学迟到，是我这当妈的提醒不周，以后一准不了，一准不了！”此后，每当我后半夜从梦中一觉醒来，总会看见母亲躺在被窝里，两眼注视着窗外的星空久久不敢入眠。我知道，她不敢入眠，是生怕儿子上学迟到啊！直到突然有一天早晨，母亲由于长期失眠昏倒后被送进医院，才被父亲知道了内情——父亲怒不可遏地向母亲下了“禁令”。

母亲出院后，已不再半夜无眠地熬到天明了，可我却从来没有迟到过。每天早晨母亲都会准时地把我喊醒。我曾不止一次地问母亲，为什么会这么准时？她总是笑而不言，直到后来我发现母亲换了一个睡眠姿势：把双手压在胸前俯卧入睡。准时的奥妙是不是出在这里？母亲的这种睡姿一直陪伴了我从小学到初中整整9年。后来，考入高中、升上大学之后，我在学校住宿，可每每回家小住，发现母亲依旧保持着这种深睡姿势。长此以往，在这种睡姿的帮助下，母亲形成了一种条件反射，所以报时十分准确。当时，我只觉得母亲很聪慧。

此次在故乡小住，再

一次看到母亲的这种睡姿。已经懂得知识、见过世面的我，不禁泪眼婆娑。母亲的独特睡姿已经无法改变，这已经成了她的一种生活习惯。然而，这种长年累月的睡姿，已经给母亲的身体健康带来了极大的潜在危害，彻夜咳嗽不止。

母爱，是世界上最博大无私、最深厚沉重的一种爱。人世间，有什么姿势能比母爱的姿势更情意绵绵，更足以使子女享用一生呢！

智慧博客

为了使孩子准时起床，上学不迟到，母亲牺牲了自己的睡眠，继而牺牲了自己的健康。每个母亲都有表达爱的姿势，长年累月，这些姿势都已变成了她们的习惯之举。而这种习以为常的姿势，不就是她们持久不变的爱吗？

母亲与麦子

阿 青

自十多年前到市里工作以来,每年麦收之后,母亲都要送五袋麦子给我。因为不通公共汽车,每次都是母亲赶牛车行几十里山路,寄放在县城的亲戚家里,然后再请人写信告诉我。我常常搭顺车取走这些麦子。

最初几年,这些粮食还真起了不小的作用。首先是大半年的口粮不用犯愁了,关键时刻还可以拿到集市上换点儿救急钱。后来,随着我经济状况的好转,这些粮食就变得无足轻重了。可这始终是母亲的一大心事,见没拉走,就又托人写信催促我,提醒莫再耽搁。

这几年,我更没把这些粮食当回事儿,打个电话让亲戚代为贱卖了事,图快。

今年麦收之后,回村正赶上母亲整理粮食。我发现,母亲所用的钢筛网眼特大,不大饱满的麦粒都被筛掉了。我不解地望着母亲,母亲笑着说:“这样才能磨出最白、最筋道的面粉呢。”我想说:“为这点儿粮食忙来忙去的,不值得。”可话到嘴边却又改成:“城里粮食吃不完呢。”

母亲似乎懂了我的意思,慢慢地说道:“可除了这些我还能给你什么呢,孩子……”

秋分时节，正是家乡种麦之时，为到老家的院里搞点鲜枣、柿子等土特产尝鲜，我特意驾车回村一趟。

母亲的承包地就在大路旁，透过弥漫的路尘，远远的，我就看见了母亲熟悉的身影。

此时的母亲，正为待播的土地施底肥。到底是年近古稀的人了，行走已不甚方便，这从她磕磕绊绊的脚步中看得出来。我有些等不及了，高声喊母亲歇会儿。

母亲艰难地直起腰，仰脸朝我打量了一会儿，说：“知道了。”之后还隐隐听她对我叮咛着什么，好像是不让我下地，怕脏了我的衣服。我感到脸上一阵火辣辣的，母亲不知道我心里并没有想帮她一把的意思，让她歇会儿，无非是想

让她早点儿回来，摘下院中的那些土特产。

母亲走近了，我蓦地发现，她装肥料用的篮子是用一根带子挂在脖子上的。我想起母亲早年左臂受过伤，稍稍劳累就痛得抬不起来，可人的脖子能承受多大的重量。

母亲离地头只有十几步时，一屁股坐了下去，以自己为轴心把肥料均匀地撒向四周，然后，再往前移一段……待最后的一片土地撒上了肥料，母亲便头枕着草丛斜躺了下来，她急促地喘息着，浑身瘫软得如同断了腰绳的麦捆。

此时，恰遇起风，风里夹裹着草屑与浮土，母亲的白发便与干枯的野草一同飘卷起来。我突然发现，曾养育了我们兄妹五人的母亲，竟是这么孱弱，仿佛风再大点儿就能把她吹走，可她在垂暮之年，依旧无怨无悔竭尽全力地忙碌着……

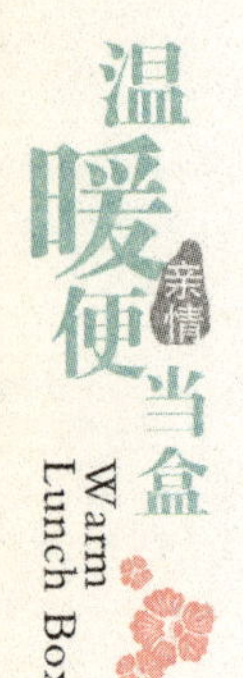

在母亲的土炕上住了一晚。第二天，我没去打枣，也没去摘核桃、柿子，扫过院子，担满水缸，我又扛起铁锹去了地里。

不知不觉天已黑了，刚进家门，我发现地上立着好多粮袋，母亲正哆哆嗦嗦地为每个粮袋系绳。她解释说："麦子全拾掇好了，反正有车，就把我明年的'任务'也提前交了吧。"我不由得发愣，母亲笑笑，很平静地说："像妈这把年纪，今夜脱掉的鞋，不知道明早还能不能穿上，过一天就少一天喽……"

霎时间，我热泪奔涌。我极力压住哽咽，对母亲说："我一定会颗粒不失地把这些粮食带走，我会好好善待它们的，妈……"

智慧博客

母爱的赠予可以说无所不包，让我们爱在其中，深深地被感动。文中那一句"可除了这些我还能给你什么呢，孩子……"表达出了母亲对"我"的爱，结尾母亲平静的话语再次让我们体会到母爱的无私、伟大！

一位打错电话的母亲

唐黎标

大年初一，我早早地起了床，煮好汤圆，等待妻子和孩子一起吃新年的第一餐。

“丁零——”一阵电话铃声，我拿起话筒，电话里传来一位老年妇女的声音：“孩子……”

是妈妈打来的电话？我在想。但声音不太像，可电话那头却开始说个不停：“你说年三十回来的，害得你爸昨天下午都心神不定，好几趟到村口接你们，直到天黑透了，也没有见到你们的影子，只有我和你爸两个人大眼瞪小眼，冷冷清清地守着一桌菜，吃得没滋没味儿。昨儿一夜，你爸总是一个劲儿地叹气……”

电话里的声音有些哽咽。我看了一下显示屏，知道这是一个打错了的电话。挂断后，我记下了显示屏上的电话号码，心里沉甸甸的。

我的父母也都七十多岁了，退休后一直住在乡下老家。平时，我们在城里忙这忙那，也难得回家。有时回去一次，老人高兴得像过节似的。每次走时，都送我们到村口，直到看不见我们的背影才依依不舍地回去。老人们为子女含辛

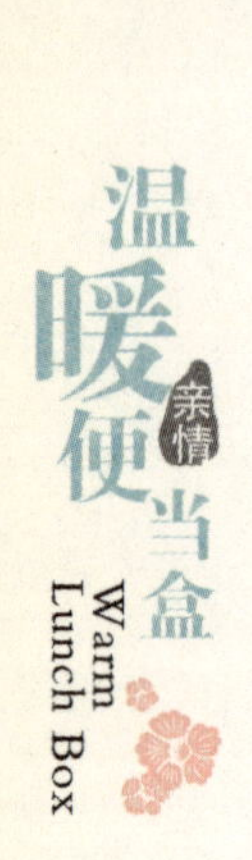

茹苦一辈子，即使子女们成家立业，一个个离巢而去，仍割不断他们对儿女的爱和情思。可是，子女的心中又能有多少老人的位置？在千家万户喜团圆的除夕之夜，他们一定也会像电话里那位望眼欲穿盼儿归的老人一样，正等着我们回家呢。我突然作出决定，对儿子说："我们今天不去逛街、看电影了，现在就买车票，回乡下看你爷爷奶奶。"

半个月过去了。那天，我又想起那位打错电话的"母亲"，她惦念的儿子不知回家了没有。

于是，按照那天的号码，我打了个电话过去。接电话的是一位男子，他听明白了我的意思后，沉默了好一会儿，突然抽泣起来。原来他就是那位母亲的儿

子,他的母亲因心脏病发作去世了,他是赶回家料理后事的。

电话里,他难过地告诉我,他母亲临死前,不断地呼唤着他的名字。待他匆忙地赶回家,没有能和她说上一句话,她就带着无尽的遗憾走了。

“你春节为什么不回去看看他们?”我问。

“我在城里经营着一家超市,原本打算回家过节的,可是那几天生意特别好,因为忙,就没回来。谁知道妈妈就这样走了……想起来,我好后悔啊!”

这位儿子悲怆地自责,使我欷歔不已。

人的一生中,总有忙不完的事,但报答亲情的机会却是有限的,一旦失去这种机会,那岂不是一辈子的痛苦和遗憾?

让我们多创造一些团聚的机会,多给老人一些亲情的抚慰吧。过节时,还是应该多回家看看。

智慧博客

读完此文,让人不禁想起了电视公益广告中那位等着儿女吃团圆饭的孤独老人的身影。很多时候,我们总以为回报亲情来日方长,直到“子欲养而亲不待”之时,方明白:爱父母,其实刻不容缓。

最美妙的一句话

姜钦峰

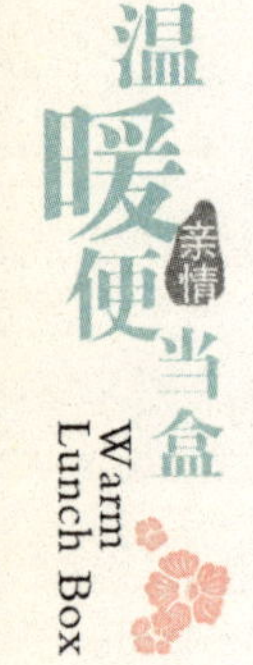

美国通用电气公司原董事长杰克·韦尔奇小时候有口吃的毛病，他曾试图矫正，却收效甚微。口吃给他幼小的心灵蒙上了一层阴影，他深感自卑，变得沉默寡言，甚至害怕与人交往，无论什么场合，他总是尽量紧闭双唇，从不轻易开口说话。

有一天，韦尔奇和同学去餐厅吃饭，他点了一份最爱吃的金枪鱼三明治，没想到服务员却给他端来两份。韦尔奇有些奇怪地问："我只点了一份三明治，你怎么给我上了两份呢？"服务员解释说："没有错啊，我明明听到你要两份金枪鱼三明治。"原来，韦尔奇在说："tuna sandwich"(金枪鱼三明治)的时候因为紧张而说成了"tu-tuna sandwich"而服务员听起来就是"two-tunasandwiches"("two"在英语里意为"两个")。同学们为此笑得直不起腰，韦尔奇尴尬万分，委屈的泪水在眼眶里打转。

回到家里，他向母亲哭诉自己的遭遇："只要我开口说话，别人就笑话我，我再也不说话了……"母亲拍拍他的小脑袋，轻描淡写地说："孩子，那是因为你太聪明，所以你的嘴巴无法跟上你聪明的脑袋。”听到这句话，韦尔奇抬起头看了看妈妈，破涕为笑。

韦尔奇依然口吃，依然会遭人嘲笑，但他不再为此感到自卑，因为他对母亲的话深信不疑，相信自己有一颗聪明的脑袋。他发奋学习，25岁获得伊利诺伊大学化学工程博士学位，46岁那年，他成为美国通用电气公司历史上最年轻的董事长和首席执行官。后来，韦尔奇经常提起母亲的这句话。他说：“那是迄今为止我听到过的最美妙的一句话，也是母亲送给我的最伟大的一件礼物。”

智慧博客

母爱是天底下最纯粹的爱，如大海波澜壮阔包容一切，又如小溪潺潺润物无声。用感恩的心去回报母爱，用母爱一般的心去回报身边的人。

鸭 蛋

安 勇

妈用房檐儿下挂着的一长串包米换回了四只摇摇摆摆的小鸭子。从此，每天放学后我有了一项放鸭子的工作。妈说："二勇，鸭子长大了就能下蛋，下了蛋，妈就煮给你吃。"我不由自主地吧嗒吧嗒嘴儿，妈的话里有一股香甜的鸭蛋味。

四只鸭子好像特别理解我的心情，都很争气地迅速长大了。从长着黄绒毛的小不点儿，变成了披着白羽毛的大鸭子。几乎每天我都要问妈，它们什么时候能下蛋。我一问，妈就仔细地看看鸭子们，说："快了，用不了几天了，二勇就能吃到鸭蛋了。"妈的话让我充满希望，我在鸭栏的角落里放下一捆稻草，对每只鸭子嘱咐一遍："记住，你有蛋不要随便乱下，一定要到草上去下。"

一天放学回家，妈合着两只手说："二勇，猜猜妈手里有什么？"我一下喊出了"鸭蛋"两个字。妈打开手，在她的掌心里果然躺着一只鸭蛋。鸭蛋是椭圆形的，蛋壳上泛着淡淡的绿光，看上去美极了。当晚，我尽最大的努力放慢进食的节奏，从蛋清到蛋黄，一点儿一点儿地吃下了那只漂亮的鸭蛋。鸭蛋的味道和我想象的一样香甜，仔细品品好像还有一股特别的滋味。妈说："那是你劳动的味道。"

从那天以后，我放鸭子的热情更高了。鸭子们也善解人意，下蛋的热情高涨，每天放学后，妈都会给我一只鸭蛋。

除了鸭子，我家还养了两头猪。妈每天都要到地里给猪挖一篮子野菜。最近一段时间，我发现妈每天挖菜都回来非常晚，我想，也许是附近地里的菜不多了，妈去了更远些的菜地。

有一天晚上，在河边放鸭子时我遇到一个打鱼的老爷爷。他指着我的鸭子夸它们长得好。我自豪地扬着头说："当然了，它们每天都下一只蛋呢！"老爷爷看看鸭子，摇摇头说："公鸭也能下蛋，没听说过，从来没听说过。"老爷爷走远了，我心里却有些疑惑，难道我养的真是公鸭吗？那鸭蛋又是哪来的呢？

我提前赶着鸭子回了家，妈还没回来。把鸭子关进栅栏里，我躲在杨树后，盯着妈挖菜回来的那条路。过了一会儿，妈从路上走了过来。让我纳闷儿的是，她的胳膊上不是一只菜篮，而是一左一右挎着两只菜篮。经过家门口时，妈没进家门，

径直向村子里走去。我一路跟着妈,最后来到了小强家门前。妈把一篮菜递给了小强妈,又从小强妈的手中接过了一样东西。我看清了,那是一只椭圆形的鸭蛋。

当天晚上,妈把鸭蛋放到我面前,我看着她被挖菜刀磨出一排老茧的手,哽咽着说:“妈,我都看到了,我以后再也不吃鸭蛋了。”妈没说话,把我紧紧搂在怀里。妈的怀抱很温暖,我知道那就是母爱。我还知道,这份母爱能产生奇迹,它能让公鸭下出蛋来。

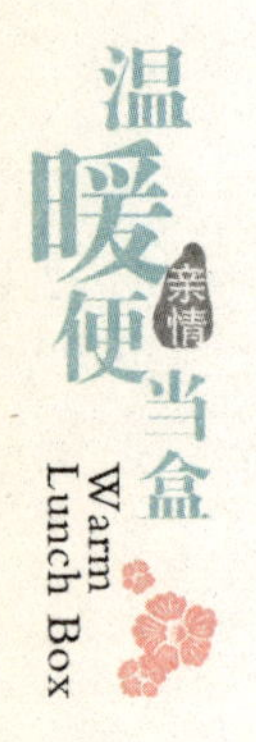

智慧博客

母亲为了孩子能够快乐、幸福,即使再苦再累,只要孩子开心,对她来说就是最大的欣慰。母亲默默的爱换回的是儿子的心疼和理解,在这幸福的谎言背后,我们体味更深的是亲情的可贵。

母爱无言

孙 禾

听说过两个有关母亲的故事。

一个发生在一位游子与母亲之间。游子探亲期满离开故乡,母亲送他去车站。在车站,儿子旅行包的拎带突然被挤断了。眼看就要到发车时间,母亲急忙从身上解下裤腰带,把儿子的旅行包弄好。解裤腰带时,由于她心急又用力,把脸都涨红了。儿子问母亲怎么回家呢?母亲说不要紧,慢慢走。

多少年来,儿子一直把母亲这根裤腰带珍藏在身边。多少年来,儿子一直在想,他母亲没有了裤腰带是怎样走回几里地外的家的。

另一个故事则发生在一个犯人同母亲之间。探监的日子,一位来自贫困山区的老母亲,乘坐驴车、汽车和火车,辗转来探望服刑的儿子。在探监人形形色色的物品中,老母亲给儿子掏出用白布包着的葵花子。葵花子已经炒熟,老母亲全嗑好了。没有皮,白花花的像密密麻麻的雀舌头。

服刑的儿子接过这堆葵花子仁,手开始抖。母亲亦无言语,撩起衣襟拭泪,她千里迢迢探望儿子,卖掉了鸡蛋和小猪崽,还要节省许多开支才能凑足路

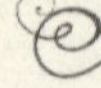

费。来之前，在白天的劳碌之后，母亲晚上在煤油灯下嗑瓜子。嗑好的瓜子仁放在一起，看它们像小山一点点增多，母亲一粒都舍不得吃。十多斤瓜子嗑亮了许多夜晚。

服刑的儿子垂着头。作为身强力壮的小伙子，正是奉养母亲的时候，他却不能。在所有探监人当中，他母亲的衣着是最褴褛的。母亲一口一口嗑的瓜子，包含了千言万语。儿子"扑通"给母亲跪下，他忏悔了。

一次，结婚不久的同龄朋友对我抱怨起母亲，说她没文化、思想不开通，说她什么也干不了还爱唠叨。于是，我就把这两个故事讲给他听。听罢，他泪眼蒙眬，半晌无语。

智慧博客

母亲是上天派来守护孩子的天使，无论她贫穷富有，无论她地位高低，她都会用尽所有的爱去爱她的孩子。做子女的唯有用一颗感恩的心去回报，才对得起那无私的母爱。

母亲的电话

邓 皓

我们家安上电话，对我和妻子来说只是高兴，而对母亲来说，却是十二分的新奇了。

母亲别说听过电话，连见都没有见过。

母亲没念过书，大半辈子待在农村，世面见得不多。住到城里来，也是拗不过我好说歹说让她到城里给我带娃儿。

母亲不喜欢城里的生活。不喜欢墙上贴的画，不喜欢花花绿绿的地，不喜欢进厕所找不到一点儿要上厕所的感觉。她说城里人住的房子像火柴匣子。她尤其不喜欢人与人之间门关得那么紧，心与心封闭得那么严。有一天母亲问我：“对面那人家姓啥？怎么不见来往过？”我便说我也不认识呢，母亲这时候就流露出一种深深的失望和惊讶。

母亲极喜欢的去处便是阳台。黄昏的时候母亲就倚在阳台的一角，朝着意念中乡下的方向呆望。那时候夕阳照在母亲苍老的脸上和花白的头发上，母亲便有了马致远词里的那种凄凉。

我知道母亲是孤独的，那种孤独来自她对一种生疏的幸福的无法介入。我理解母亲的孤独，但我实在不愿儿子从一种幸福里失去平衡——这时候我发现每个人在自己的母亲与儿子之间选择爱，人性会显出某种残忍。

我写字台上的那部精巧的乳白色电话，不时地鸣响。当然都只是我和妻子的电话。在电话那头出现的人，没有人认识我的母亲。我乡下的弟兄们也没条件给母亲打电话。有时候母亲也偶尔接一次电话，但往往是应上一句话后话筒便传到了我或妻子的手上。当我与人通话的时候，母亲呆呆地站立在一旁，好奇地看，然后眼里是一片旷远的失落。有一次我突然像明白了什么一样，当对方挂上话筒之后，我把声音提得高高地说："我母亲身体还好呢，谢谢你对我母亲的问候……"这时候，我发现母亲的眸子亮亮的，脸上的皱纹一下子舒展开来。虽然，那一瞬间母亲的孤独在我心里更浓重地弥漫开了，但我分明找到母亲在期冀什么了——就像我能懂得一只在精致的鸟笼里禁闭了许久的鸟会渴求什么一样……

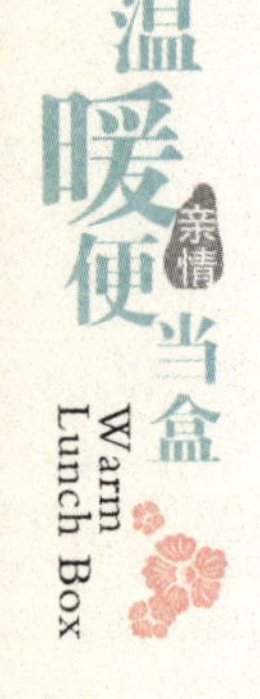

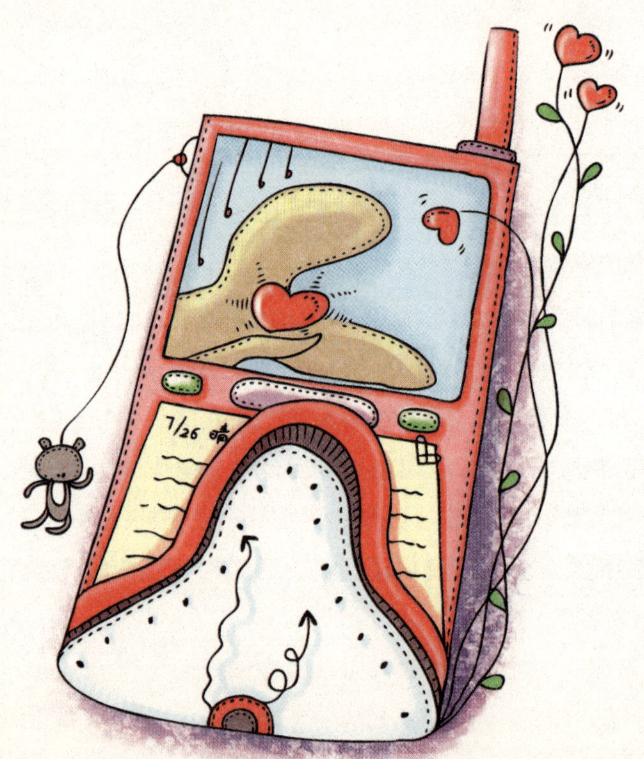

那天我回单位找了一位女同事，我向她讲起

了我的母亲，告诉她我母亲喜欢嗑南瓜子儿，喜欢梳那种老年人往后拢的髻髻头，喜欢听旦角儿唱的黄梅戏，还喜欢说一句口头禅："金窝银窝不如自己的穷窝。"然后我交给她我家的电话号码，告诉她我母亲很孤独。让我没想到的是：那位女同事接过我的电话号码时，眼眶里居然盈满了晶莹的泪水。

这天黄昏的时候，我家的电话铃声骤然响起，我接过一听，便急切地唤："妈，您的电话，您的电话！"

母亲闻声走过来，用一双惊喜而疑惑的眼睛望着我，讷讷地竟不敢靠前。我把听筒塞进母亲的手里，一字一顿地说："妈，您听，是您的电话！"母亲把话筒靠近耳畔，这时候我发现母亲捧着听筒的手在微微地颤抖……

我默默地退出房间，走到母亲经常呆呆伫立的阳台上，面对家乡的方向，泪流满面……

智慧博客

当我们沉浸在属于自己的幸福中时，是否忽略了孤独的母亲。给我们的母亲多一些关怀，不仅是物质上的，更要有精神上的。让她感到我们的关爱和思念。

傻瓜妈妈

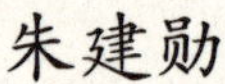

朱建勋

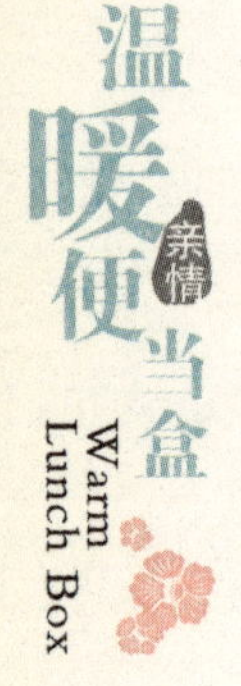

某小学一年级至六年级的学生，每人都写了一篇题为《母亲》的作文。这天，礼堂中挤满了孩子们的家长。获奖的小朋友纷纷上台朗读自己的文章，我应邀过去采访。

刚开始的时候，总是听到孩子们朗诵“我的妈妈是天下最伟大、最好的妈妈”，千篇一律的内容真使人想打瞌睡。我心中盘算，再听几位小朋友朗读，就先行离去。不料，下一位上台的女孩开口的头一句话，便使我大吃一惊。

她首先以清脆悦耳的声音高声地念出作文题目——《我的妈妈是傻瓜》，台下随即一阵爆笑。然而她全然不觉，继续自我介绍并朗读：“五年级，甲班，陈小华。我的妈妈是真正的傻瓜，她经常做错事，妈妈经常同时洗衣服和烧饭，有好几次，妈妈做菜做到一半又去晒衣服，结果锅里的汤汁都溢了出来，她为了把火关掉，一紧张，就把还没有挂到竹竿上的衣服全丢在地上。结果衣服弄脏了，锅也被她弄翻了，两边都是一塌糊涂。”

“这时我的傻瓜妈妈就会以滑稽的表情，红着脸向我爸爸道歉：‘我真差劲，

对不起啊，下次我会注意啊。’而爸爸就会笑着回答说：‘你真蠢。’不过我认为说这话的爸爸也一样是傻瓜爸爸(台下又是一阵大笑)。有一天早上，我们正在吃早饭的时候，爸爸突然慌慌张张地从房间里奔出来，他一边穿上衣、打领带，一边找公文包，找到以后说了声：‘啊！糟了，来不及了。’就奔出了大门。‘放心，他一会儿就会回来。’妈妈倒是相当镇静。果然不出所料，爸爸没多久就回来了，而且很不好意思地挠着头说：‘你们看，我空忙了一场，竟然忘了今天是星期天呢。哈哈……’这就是

我说爸爸也是傻瓜的原因。这种爸爸和妈妈生下的我，当然不可能是聪明的，弟弟也一样是傻瓜，我家里每一个人都是傻瓜(台下笑声一片)。”

“可是我非常喜欢我的傻瓜妈妈，我比世界上任何一个人都还要喜欢她(全场突然安静下来)。我长大以后，也要变成像傻瓜一样的女人，和像我的傻瓜爸爸一样的男人结婚、生小孩，然后抚养像我一样的傻瓜姐姐和像弟弟一样的傻瓜弟弟，组成像我现在的家一样温暖又快乐的家庭。请傻瓜妈妈一定要保持健康等到那时候！”台下许多母亲不禁拿出手帕来擦眼泪。

这个小女孩在泪水、笑声和鼓掌声中走下讲台，表情带着惊讶，然后跑向因高兴而流泪的“傻瓜妈妈”身边。

智慧博客

母爱，似一股涓涓的流水，小有波澜地缓缓流入你我的心田，幸福的我们似乎很难用言语来表达心中的那份感激，生活在这份爱中的人都会变“傻”。守候这份傻傻的爱是人生中最甜蜜的事。

第一次抱母亲

张炜月

母亲病了，住在医院里，我们兄弟姐妹轮流去照顾母亲。轮到我照顾母亲那天，护士进来换床单，需要母亲起来。母亲病得不轻，下床很吃力。我赶紧说："妈，您别动，我来抱您。"

我左手揽住母亲的脖子，右手揽住她的腿弯，使劲儿一抱，没想到母亲轻轻的，我用力过猛，差点朝后摔倒。

护士在后面扶了我一把，责怪说："你使那么大劲儿干什么？"我说："我没想到我妈这么轻。"护士问："你以为你妈有多重？"我说："我以为我妈有一百多斤。"护士笑了，说："你妈这么矮小，别说病成这样，就是年轻力壮的时候，我猜她也到不了 90 斤。"母亲说："这位姑娘真有眼力，我这一生，最重的时候只有 89 斤。"

母亲竟然这么轻，我心里很难过。护士取笑我说："亏你和你妈生活了几十年，眼力这么差。"我说："如果你跟我妈生活几十年，你也会看不准的。"护士问："为什么？"我说："在我的记忆中，母亲总是手里拉着我，背上背着妹妹，肩

上再挑一百多斤的担子翻山越岭。这样年复一年,直到我们长大。我们长大后,可以干活了,但每逢有重担,母亲总是叫我们放下,让她来挑。我一直以为母亲力大无穷,没想到她是用八十多斤的身体去承受那么多重担。"

我望着母亲瘦小的脸,愧疚地说:"妈,我对不住您啊!"

护士也动情地说:"大妈,你真了不起。"

母亲笑一笑说:"提那些事干什么,哪个母亲不是这样过来的?"

护士把旧床单拿走,铺上新床单,又很小心地把边边角角拉平,然后回头吩咐我:"把大妈放上去吧,轻一点儿。"

我突发奇想地说:"妈,您把我从小抱到大,我还没有好好儿抱过您一回呢。让我抱您入睡吧。"母亲说:"快把我放下,别让人笑话。"护士说:"大妈,您就让她抱一回吧。"母亲这才没有做声儿。

我坐在床沿儿上,把母亲抱在怀里,就像小时候母亲无数次地抱我那样。

母亲终于闭上眼睛。我以为母亲睡着了,准备把她放到床上去,可是,我看见有两行泪水,从母亲的眼里流了出来。

智慧博客

生活塑造了伟大的母亲,无怨无悔、倾其心血的操劳耗损着她的心力。可儿女些许的回报就会使她感到莫大的宽慰。让我们怀着那份迟来的感谢与爱,拥抱自己的母亲。

答案

纳　兰

有个孩子对一个问题一直想不通：为什么他的同桌想考第一，一下子就考了第一；而他也想考第一，却只考了全班第二十一名？回家后他问："妈妈，我是不是比别人笨？我和他一样听老师的话，一样认真地做作业，可为什么我总落后于他？"

妈妈听后非常悲伤。因为她感觉到儿子开始有自尊心了，而这种自尊心正在被学校的排名伤害着。应该怎样回答儿子的问题呢？有几次，她真想重复那几句被上万个父母重复了上万次的话——你太贪玩了；你在学习上还不够勤奋；和别人比起来还不够努力，以此来搪塞儿子。然而，像她儿子这样，脑袋不够聪明，在班上成绩不甚突出的孩子，平时活得还不够辛苦吗？她没有这么做，她想在这个以几门功课定优劣的应试时代，为儿子的问题找到一个完美的答案。

儿子小学毕业了，虽然他比过去更加刻苦，但依然没赶上他的同桌，不过与过去相比，他的成绩一直在提高。为了对儿子的进步表示赞赏，她带他去了一次海边。就在这次旅行中，母亲回答了儿子的问题。

现在这个儿子再也不担心自己的名次了，也再没有人追问他小学时成绩排第几名，因为去年他以全校第一名的成绩考入了清华。寒假归来的时候，母校请他给同学及家长们作一个报告。他讲了小时候的一段经历："我和母亲坐在沙滩上，她指着前面对我说：'看那些在海边争食的鸟儿，当海浪打来的时候，小灰雀总能迅速地起飞，它们拍两三下翅膀就升入了天空，而海鸥总要很长时间，然而，真正能飞越大海飞越大洋的还是它们。'"

这个报告使很多母亲流下了眼泪，其中也包括他的母亲。

智慧博客

也许只有深爱着孩子，并懂得教育孩子的母亲才能说出如此深刻而富于哲理的话吧，这个答案中包含了母亲深深的期盼，她期盼着儿子飞越大海飞越大洋，她的苦心没有白费，懂事的孩子也没有辜负母亲的用心。

月光下的蛙鸣

朝　阳

十几年前一个寻常的夏天，我枕戈待旦地准备参加这一年的高考。

在那样一个年代里，高考直接决定着一个青年一生的命运。我的情况更特殊，三岁时失去了父亲，是母亲含辛茹苦地把我带大的。苦难中的母亲，眼巴巴地盼着我能高考得中。我也想，如果能在这一年如愿以偿，正是对母亲最好的报答，能减轻母亲经济上和精神上的压力。

但竞争是残酷的，同学们都在头悬梁锥刺股，焚膏继晷地苦战，你追我赶。母亲见我面容憔悴，很心疼。我家离学校不远，她就跟老师说情，说寝室里吵闹，让我回家住，好早晚照料我，给我增加营养。

那段时间里，她杀光了家中三十几只鸡，想尽一切办法给我增强体质。

我房间的后窗正对着屋后的一方池塘，正是燥热的6月，夜晚，一池塘的青蛙呱呱做声、呼朋引伴，叫声格外响亮。一池塘的蛙声就这样紧紧缠住我的一双不幸的耳朵，此起彼伏地一次又一次将我惊醒。

渐渐地，蛙声不再吵闹了。每夜都有香甜的梦。但是，母亲却变了，日日坐

在椅子上打盹儿。一天，隔壁的大妈偷偷地拉住我，悄悄跟我说："你妈为了让你睡好觉，夜夜替你赶青蛙呢。"我将信将疑。

第二天夜里，在月光下的池塘边上，我真的看见了我的母亲。

母亲手拿一根长长的竹竿，轻轻地敲打池塘边的每一处草丛，做得认真又虔诚。她绕着池塘一圈圈小心地走着，一遍遍用竹竿仔细地敲打。有时她停下来，站一会儿，轻轻地咳嗽几声，用手捶捶背。月光把她的白发漂洗得很白。我大声喊母亲，母亲却听不见，她全神贯注于手中的竹竿，生怕遗漏一处蛙声……

直到现在，我仍然坚信，有一种爱，能唤起一个人内心潜在的力量，帮助你去战胜一切困难。这一年高考，我被大学录取了。很多年已经过去，蛙声也一点点远逝。可是，我觉得它时时都在我的枕边，一声声，像不倦的提醒和教诲，给我许多人生的激励。

智慧博客

为了孕育我们，母亲牺牲了自己的青春；为了哺育我们，母亲放弃了自己的梦想；为了教育我们，母亲献出了自己的一生。我们在母亲的关怀下，怎能不感激涕零，怎能不发愤图强去回报亲恩呢？

黑 发

修祥明

娘长得俊。俊得赛过剧院里的戏子,墙上的美人画。

娘的头发长,洗完头,娘密密的长发盖过膝盖,像一棵雨后的垂柳儿。

娘的头发黑,比墨还黑。

娘的发髻又大又亮,像个棒槌形的线穗子。

娘姓肖,没有名。男人叫相德,人们便叫她相德女人,相德老婆,相德家里的,相德媳妇儿。儿子叫大金,人们便叫她大金他娘。

不少农村妇女都是这样被人称呼的。

那是个挨饿的年代。大人孩子饥一顿饱一顿,吃野菜、槐树叶……有的一家人都远离故土要饭求生去了。

在这节骨眼儿上,大金他娘的男人相德得病死了,大金才两岁。

她的日子就好苦好难熬。面对饥饿,庄户人除了绑票、断道、抢劫这些伤天害理的事不做,菜地里三把韭菜、两把葱,坡里的地瓜、包米、花生等等,只要能充饥的庄稼或庄稼茎儿、叶儿、蔓儿,他们得机会就往家里偷。

那年月，于这事不算丢人。不过，庄户人治庄户人，有的是法儿。

将村头的路口全派人封起来，搜身，翻筐筐篓篓。搜身搜衣袋、鞋窝、挽起的裤腿，将身上能掖住东西的地方搜遍。翻筐筐篓篓就把筐篓里的野菜和青草倒在地上，拨拉着找个遍。

偷这股风总算刹住了。

其实，面对管束，庄户人从来是最老实也是最诚实的。但是，饥饿并没有被管束制止和改变。

墓地里时有新坟立起。娘却把大金拉扯大了，虽说他长得那么单薄、虚弱。

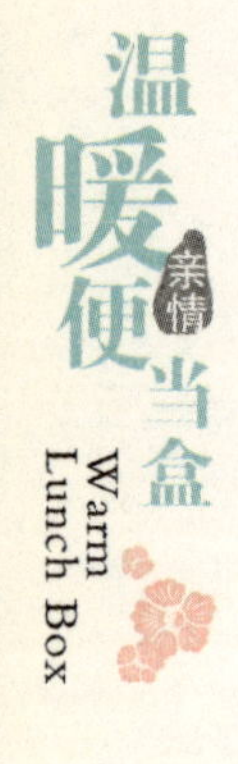

大金是个孝子。放了学拾草、剜菜、挑水、扫天井，其余的时间全用在功课上。晚上，他总是拿着课本进入梦乡。他用差不多每次考试都是一百分的好成绩，换来娘忧愁劳累的脸上一副笑模样。

大金很有出息，恢复高考那年，他考进北京的一所名牌大学，他考了全县第一名。

临行前，娘含着幸福的热泪说："孩子，我没白拉扯你，你给娘争气了，我现在死了也能咽下这口气了。"

娘没有死。几年后，大金工作了，拿着第一个月的工资放到娘的手里，说："娘，你买点儿好吃的补补身子吧。"

娘握着30块钱，像握着一把元宝似的，浑身颤抖起来，两眼滚出的热泪像豆粒那么大。那时的30块钱，恐怕比现在的1000还稀罕，娘这一生还是头一遭手里拿着这么多的钱。

娘来到开井。天井没垒院墙，抬头就是东邻、西舍和南屋的房舍，远处，邻居的屋顶和烟囱也映入娘的眼帘。

娘跪下来，把30块钱放在身前，东西南北拜了四拜，然后把头上的发髻解开。

娘从发髻里拿出一个红绸布纱袋。

大金望着磨去绒线、薄似透明的纱袋，再望着娘，像面对一条难猜的谜语。

娘将30块钱放到大金的手里说：“孩子，去买烟、酒、糖、茶，还有点心，分给乡亲们。”

大金望着娘，觉得这条谜语还是不好猜，就睖睁着望着娘。

娘指着空空的布纱袋说：“当年，我就是用它偷别人家一点点儿粮食，才没把你饿死。其实，是乡亲们把你拉扯大的。”

大金掉转身子，和娘并排跪在一起，一股酸酸的、暖暖的滋味涌满他的胸膛。

智慧博客

娘密密的头发里是浓浓的爱。世上最珍贵的莫过于母爱，那是一种忘我的爱，超越任何情感的高度。当儿女需要关爱时，每一位母亲都会为了他们，做她所能做的一切。

明亮的世界

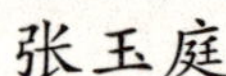

张玉庭

在火车上，我们的对面坐着一对年轻的盲人夫妻，但他们的孩子却是大眼睛，长睫毛，小嘴巴，就像个漂亮的布娃娃。自然，当我和妻子夸奖这可爱的孩子时，那对盲人便报以感激的微笑。

我们很快成了熟人，而且，当孩子安然入睡后，他们还告诉我们一个秘密——这孩子是他们捡的。

“那天天特别冷，”那女人说，“我和他下班回来，在路上捡到了这个孩子，真可怜，嗓子都哭哑了。”

“她就赶紧把孩子抱了回来，紧紧搂着她睡了一夜。”那男人说。

“孩子睡着了，我摸了摸孩子的脸，觉得她特别漂亮，也特别可怜，就决定当她的妈妈……”那女人说。

“我听她的，我没意见，不管怎么说，这可怜的女孩儿总得有一个温暖的窝儿……”那男人补充道。

啊！这可真是个凄美的故事。听着听着，我的妻子居然掉下了眼泪。

更奇怪的是，对面的盲人夫妻特别敏感，居然猜到我的妻子哭了，还真诚地劝了一句："您放心！这孩子有我们照顾，肯定能长大……"

我们深深地点头，坚信这是一个庄严而神圣的许诺，而且的确看到了他们脸上那沉稳肃穆的表情。

突然，泪痕未干的妻子小心翼翼地问了他们一句："我，可以给这孩子打件毛衣吗？"

"可我该怎么谢您呢？"那年轻的妈妈说。

"甭谢，就当是送给孩子的礼物。"妻子一边说，一边用手指量了量孩子的身长，然后拿出毛线，开始飞针走线地忙碌起来。

就这样，妻子一夜没睡，用她给女儿买的毛线，为这可爱的不幸的陌生的孩子忙碌着，忙碌着……忙了整整一夜。

当曙光悄悄染红了早晨，妻子的眼睛已经彻底地熬红了，但那件漂亮的小毛衣，也已严严实实地穿在那个可爱的小女孩儿的身上了。

妻子笑了，我一辈子也忘不了那明媚的笑容，我敢断定，那种明媚的笑容，只能属于妈妈，属于母爱。那对盲人夫妻也特别感激，那盲女人还一把握住了我妻子的手，深陷的眼窝里汩汩地流出了两行热泪。

妻子掏出手绢儿为她擦泪，可自己又哭了。

就这样，我们与这对盲人夫妻告别了。

也就在这天夜里，妻子突然从睡梦中惊醒，还那么急切地说了一句："糟了！忘记问他们的地址了。"我问："怎么？还不放心？"妻子回答："嗯，我怕那孩子冻着。你瞧，天降温了。"

我点了点头，的确，这一夜风很大。

我明白了一个道理，原来，圣洁的妈妈们，是把孩子紧紧地搂在自己的心里的：那里有阳光，有一个永远永远明亮的世界。

智慧博客

母性，会让一个女人变得无比可爱。母爱，会让一个世界变得无比温馨。其实，只要人人都献出一点儿爱，世界将淡去黑暗与寒冷，只在每个人的心里留下灿烂的春光。

父爱如灯

那个人，像我爸爸

彭　妤

你手提包里的钱少了30块，手提包是放在床头柜上的。

不会是儿子拿的，儿子8岁了，还从没乱动过你的东西。可家里没来过外人——是儿子有急用？

开门的声音，是儿子。

你走出卧室，儿子满头是汗，喘着粗气站在门口。

“踢球了？”你把儿子往洗澡间拉，“你……拿了妈妈手提包里的钱吗？”话一出口你就后悔了。

你看见儿子把手紧紧地背过去。你过去扳儿子的肩膀，看见了他手里的纸袋子。“是什么？能给妈妈看吗？”你已经猜到儿子用钱买了东西。

儿子低着头，不动。

“怎么了，妈妈还不能看？”

儿子还是不动，你看见他咬了咬嘴唇。

“拿来。”你鼓足劲儿吼了一声，你的声音有些发颤。

儿子抬起头，像只受了惊的小兔子，怯怯地把纸袋递过来，又低下了头。

挺沉的。你把纸袋倒拎着往地板上倒——是一大堆小变形金刚，大约二三十个吧。

你发火了："你干吗？不是刚刚给你买了一个四百多的大变形金刚吗？这会儿你又喜欢小的了，要这么多你吃啊。你怎么不让人省心啊，妈妈容易吗？"你说着就流泪了。

儿子也哇哇地哭起来："那个卖变形金刚的叔叔像我爸爸。"

你只能呆呆地看着儿子——儿子是在照片上认识爸爸的，他半岁时，他爸爸就……

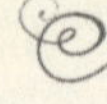

你转过身去看墙，墙上有你和丈夫的结婚照，你的记忆让它拽回到9年前。

那时候，初为人妻的你，决心要做一个贤妻良母，你每天抢着买菜做饭。有一个月你每天都买回两三条鱼，吃不完就送给邻居或亲戚。有一天，丈夫突然不高兴了："你有完没完啊，当你老公是猫了……我都腻了。"

你轻轻走过去，捶了他一拳，没张口泪就下来了。"那卖鱼的大爷像我爸爸。"说完就伏在丈夫肩上哭——你高中住校，一个雨天，爸爸去接你，栽进了水塘……

丈夫就紧紧搂着你，摩挲你长长的头发。

"妈妈，您打我吧，我再也不敢了。"儿子在哭，但没出声。

"怪妈妈……"你也像丈夫那样搂紧了儿子，抚摸他的头。

智慧博客

人生最痛苦的事莫过于"子欲养而亲不待"，怀念那记忆中亲情泛起的涟漪，点点滴滴，仿佛是梦的召唤，时刻回荡在你的脑海中，把懵懂的你拉到感恩的边缘，拉进爱的旋涡。

祝你生日快乐

李雪峰

这是一个阴冷的凌晨，街上的行人不多，他驾驶着洒水车，在小城的街道上忙碌地洒水。他想早早地将每一条街道洒完水，因为今天是他12岁女儿的生日，他还要到水产品市场去买鱼，到农贸市场去买一些青菜和肉，还要赶在11点之前去蛋糕店，取回他昨天给女儿定做的生日蛋糕。女儿是很喜欢大蛋糕的，喜欢插上七彩的蜡烛，在烛光摇曳中嘟起她的小嘴，轻轻地吹灭那些象征她自己年龄的小蜡烛。当然，客人中会有女儿的几个小同学，她们都是她最要好的朋友。女儿说："爸，别看你是驾驶洒水车的，可我知道你其实就是一个环卫工人，我的生日，咱就不去什么大酒店、海鲜楼了，节俭一点儿，做几个菜，买上一个大蛋糕在家里办就行。"他真为女儿的懂事高兴。他想，自己把这最后的几条街道洒完水，就骑上车去买菜，去蛋糕店取蛋糕。

他的洒水车有十几种音乐，平常的时候，他会一盘一盘地换磁带，让不同街段上的市民们听到不同旋律的音乐，可今天不同，今天是自己女儿12岁的生日，他要一路上都放那曲《祝你生日快乐》，他要把女儿生日的快乐洒到这个

小城的每一条街上，让整个小城都沉浸在女儿生日的快乐中。要知道，自己只是一个普通的洒水车司机，能给女儿一个意外惊喜的，也许就只有这一点点便利了。

他和着节拍轻哼着《祝你生日快乐》，洒到一条街道时，一个小男孩突然拦住了他的洒水车，任凭他怎样示意，那个小男孩还是一点儿都没有让开的意思。那是一个只有六七岁的小男孩，衣衫褴褛，一只脚穿着鞋子，而另一只小脚丫赤裸着，小男孩的小脸上浮着一层灰灰的煤灰，只有小小的牙齿和瞳孔闪烁着白光。他放慢了本来就十分徐缓的车速，隔着驾驶窗的玻璃，再三微笑着让小男孩让开，但小男孩就像没有看见似的，只是向洒水车驶过的那条街上张望着。这时，街道两旁的行人们都停下脚步，好奇地望着他的洒水车和那个拦车的小男孩。

他停下车来，但他并没有关上车上的音乐，《祝你生日快乐》的旋律仍然在徐徐地飘荡着。他跳下驾驶室，快步走到小男孩的身边，他想这个小家伙或许是个聋人，什么都听不见呢。他走到小男孩的身边，弯下腰去，摸着小男

孩的头顶笑眯眯地说:“小家伙,到一边去,叔叔还要洒水呢。”

小男孩看了看他,又朝远处张望了一下,恳求地说:“叔叔,你能再稍等一会儿吗?我已经追着你的洒水车跑了两个街区了。”

“追洒水车干什么呢?”他问还不停喘着粗气的小男孩。小男孩说:“叔叔,洒水车的音乐真好听,是《祝你生日快乐》。”他笑着说:“就是为了追着音乐听吗?”小男孩点了点头,又很快摇摇头说:“是为让我妈妈听的,叔叔你知道吗,今天是我妈妈的生日。可我没有什么礼物送给她,我就想送给她这首歌,我知道的,许多人过生日都放这首歌。”小男孩又瞪着他又黑又亮的小眼睛恳求地说:“叔叔,能请你再等一会儿吗?我想我妈妈马上就赶上来了。”

送给妈妈一首《祝你生日快乐》?他望着眼前这个汗津津的小男孩,一股热热的东西在心里翻涌。他想起自己还要去买鱼买肉,还要去蛋糕店取生日蛋糕,但他还是微笑着对热切地望着自己的小男孩说:“小家伙,祝你妈妈生日快乐!”小男孩听他答应了,高兴极了。

一会儿,他果然看见一个妇女匆匆向这边跑来,跑近了的时候,他看见那妇女衣衫褴褛,在风中跑着的时候,她身上被风扬起的布片像一面面小旗。他微笑着对那妇女说:“祝你生日快乐!”

妇女惊愕了，但转瞬就满脸幸福地紧紧搂住那个小男孩笑了。他跑向驾驶室，把音量开得更大些，顿时，满街都是《祝你生日快乐》的幸福旋律。

他走到街边的小商店的公用电话旁边，打电话告诉妻子说，自己现在有一件十分重要的事情耽误一下，让妻子代他去买菜和蛋糕。商店的老板问："那小男孩拦你的洒水车干什么？"他说："小男孩的妈妈过生日，小家伙没有什么礼物，他要送给妈妈这首《祝你生日快乐》。"

"哦？"店老板顿然呆了，但马上跟他热情地说，"太谢谢你了！"似乎那个男孩就是店老板的孩子。

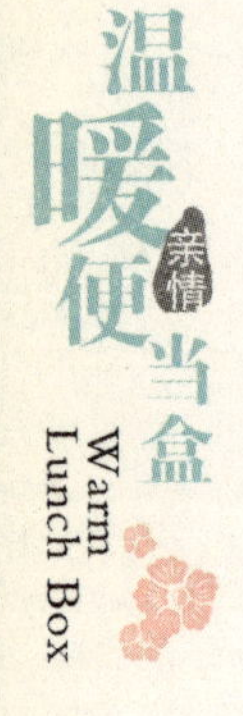

当他驾上洒水车走的时候，街两边许多卖音响的商店里都飘起了和他的洒水车放的同一首歌《祝你生日快乐》。他的眼睛湿湿的，他听见，似乎街边的许多地方，都在播放《祝你生日快乐》，仿佛今天整个小城都在庆祝生日。女儿今天肯定会接受这个意外的生日礼物的，这是一件多么让人一生难以忘怀的礼物啊。他的洒水车徐徐向前行驶着，像洒下一注注清凉的水一样，播撒下了一街幸福的《祝你生日快乐》。

他觉得，这是全世界最动听、最迷人的旋律。

智慧博客

有时你些许的付出，就能给别人带来黎明的曙光。珍视你所拥有的一切，把它化为力量，注入每个无助的人心中，点亮他们心中的明灯。世界也会因你的爱充满光明与温暖。

自始至终的爱

吴 鼎

他家祖孙八代都是面朝黄土背朝天的农民，他偶尔进城，看那高楼林立的城市、熙熙攘攘的人群，他知道了做一个城里人的悠闲和自得，但他想，那不是自己的生活。直到有一天，他发现自己的儿子是那么聪明，他突然意识到了，应该让自己最喜欢的儿子成为一个城里人，让他过上比自己好的日子。

要想把儿子培养成一个城里人，最简单（当然也可能是最困难）的方式是让儿子上大学，一大家子人，只靠他和妻子种那二十来亩薄田，收入只够糊口。但是为了培养儿子，他四处举债，硬是把儿子送到了城里的重点中学读书。争气的儿子没有辜负他。

2000年，儿子终于考上了北京大学。这时，他已欠下了近十万元的债务。儿子在学校的一切活动他都全力支持，只是儿子提出要登山时，他犹豫了，但也只是犹豫，最后他还是答应了儿子，借钱寄给儿子作为登山的费用。因为，那是学校的一个集体活动，他不能让学校的老师和同学说儿子不愿参加集体的活动。

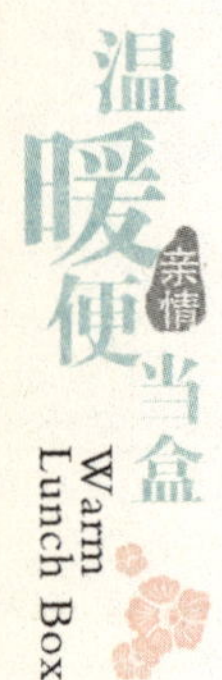

可是，儿子这一去就再没有回来。当学校把他和妻子接到北京后，告诉他们，孩子们遭遇了雪崩……他悲痛欲绝，但他没有哭，他是个硬汉子，他要照顾好同样悲痛的妻子，劝说妻子节哀。

几位遇难学生的家属向校方提出了一些要求，家属们商量：学校是有责任的，我们要盯住校方，让他们满足我们的要求。大家一次次地跟校方交涉，双方僵持着。学校分别找几个家长谈话，劝说他们后事处理完了就回去吧。

遇难学生家属的代表与大家商定：不满足我们的要求，绝不离开。可是，当学校宣布一切后事处理完毕后的第二天，他领着妻子，没有与任何人打招呼，便悄悄地离开了北京。

刚到家，北京的电话就打来了，是家属代表的声音，“你怎么能走呢？你怎么能偷偷地不辞而别呢？孩子们的事不能就这样完了，而且你儿子是最冤的一个，他不该死，他本来不是A组的，是C组的后勤，是临时换上冲顶的。你说学校没有责任吗……你难道不知道，我们坚持下去，他们就会答应我们的条件，你那些欠款一下子就可以还清了……你这样做是为什么？难道你不爱自己的儿子吗？”

他沉默着，只是听，“你到底为什么偷偷跑回去呢？你说话呀。”

电话里的声音吼叫着。

他哽咽着说：“你爱儿子，我也爱儿子，正是因为我太爱儿子了，我才这样做的。因为……因为孩子在学校表现得那么优秀，学校领导、老师和同学，上上下下对儿子印象那么好，我担心我们这样与学校僵下去，对儿子影响不好……”

对方什么话也没有说，一会儿，电话挂断了。不久，那些家长们也离开了北京。遇难者家属与校方的冲突就这样解决了。这位家长就是北京大学山鹰社在西夏邦玛西峰遇难的学生之一张兴佰的父亲张清春——黑龙江省齐齐哈尔市梅里斯达斡尔族区腰店村的一位普通农民。

智慧博客

父爱没有时空的阻隔，没有名利的牵绊，质朴却又浓厚。文中那位深爱着儿子的父亲，在儿子生前死后，处处为儿子着想。父亲离开的道理是对的，因此得以感染其他遇难者家属。父亲如此深明大义，只源于对儿子自始至终的爱。

父爱昼夜无眠

尤天成

父亲最近总是委靡不振，大白天躺在床上鼾声如雷，新买的房子如扩音器一般把他的声音“扩”得气壮山河，很是影响我的睡眠——我是一名昼伏夜“出”的自由撰稿人，并且患有神经衰弱这一职业病。我提出要带父亲去医院看看，他这个年龄嗜睡，没准儿就是老年痴呆的前兆。

父亲不肯，说他没病。再三动员失败后，我有点儿恼火地说：“那您能不能不打鼾，我多少天没睡过安生觉了。”

第二天，我睡到下午四点才醒来，难得如此“一气呵成”。突然想起父亲的鼾声，推开他的房门，原来他不在。不定到哪儿玩儿麻将去了，我一直鼓励他出去多交朋友。这样很好。

看来，虽然我的话冲撞了父亲，但他还是理解我的。父亲在农村穷了一辈子，我把他接到城里来和我一起生活，没让他为柴米油盐操过一点儿心。为了买房子，我欠了一屁股债。这不都得靠我拼死拼活写文章挣稿费慢慢还吗？我还不到 30 岁，头发就开始落英缤纷，这都是用脑过度、睡眠不足造成的。我容

易吗？作为儿子，我唯一的要求就是让他给我一个安静的白天，养精蓄锐。我觉得这并不过分。

父亲每天按时回来给我做饭，吃完后让我好好睡，就又出去了。有一天，我随口问父亲："最近在干啥呢？"父亲一愣，支吾着说："没，没干啥。"我突然发现父亲的皮肤比原先白了，人却瘦了许多。我夹些肉放进父亲碗里，让他注意加强营养。父亲说，他是"贴骨膘"，身体棒着呢。

转眼到了年底。我应邀为一个朋友所在的厂子写专访，对方请我吃晚饭。由于该厂离我住处较远，他们用专车来接我。饭毕，他们让我随他们到附近的浴室洗澡。雾气缭绕的浴池边，一个搓背工正在一具肥硕的躯体上刚柔并济地运作。与"雪域高原"般的浴客相比，搓背工更像一只瘦弱的虾米。就在他结束了所有程序，转过身来随那名浴客去更衣室领取报酬时，我们的目光相遇了。"爸爸！"我失声叫了出来。

这一声惊得所有浴客把目光投向我们父子，包括我的朋友。父亲的脸被热气蒸得浮肿而失真，他红着脸嗫嚅道："原想跑远点儿，就不会让你碰见丢你的脸，哪料到这么巧……"

朋友惊讶地问："这真

是你的父亲吗？”

我说是。我的回答是那样响亮，因为我没有一刻比现在更理解父亲、感激父亲、敬重父亲并抱愧于父亲。我明白了父亲为何在白天睡觉了，他与我一样昼伏夜出。可我竟未留意父亲的房间没有鼾声。

我随父亲来到更衣室。父亲从那个浴客手里接过三块钱，喜滋滋地告诉我，这里是闹市区，浴室整夜开放，生意很好，他已挣了一千多块了，“我想帮你早点儿把房债还上。”在一旁递毛巾的老大爷对我说：“你就是小尤啊？你爸为了让你写好文章睡好觉，白天就在这些客座上躺一躺，唉，都是为了儿女啊……”父亲把眼一瞪：“好你个老李头，要你瞎说个啥？”

我心情沉重地回到浴池，父亲追了进来。父亲问：“孩子，想啥呢？”我说：“让我为您搓一次背……”

“好吧。咱爷俩互相搓搓，你小时候经常帮我搓背呢。”

父亲以享受的表情躺了下来。我双手朝圣般拂过父亲条条隆起的胸骨，犹如走过一道道爱的山冈。

智慧博客

在亲情故事里，母亲永远是主角，你可曾将爱与父亲分享？文中的这样一位父亲，相信令所有人动容，作为儿女，不要认为物质上的给予就可以抵得上父母对我们的恩情，要知道，这种爱一生都偿还不清啊！

父亲的背

田信国

我出生在一个偏僻的小山村，同村里所有的孩子一样，我有疼爱自己的父亲和母亲，但同其他孩子不一样的是我双腿残疾，不能正常走路。

那是在我两岁的时候因小儿麻痹留下的后遗症。从那时开始，在我17年的记忆里便充满了父亲的背和背上那股淡淡的汗味儿。也许别的残疾孩子有轮椅，有推车，但贫穷的父亲只有他的背，厚实而挺直的背。无论下地干活儿还是走亲访友，父亲走到哪儿，总是把我背到哪儿，我在父亲的背上渐渐地长大。

等我长到9岁时，村里同龄的小伙伴都上了三年级，而我却只能待在家里，父亲为此犹豫了很久。终于有一天，父亲把我背进了教室，从那以后，父亲每天来来回回地背着我，风里来，雨里去，从未间断，也从未迟到过。看着父亲日渐沉重的脚步，我真恨不得学校就在自家门口，这样父亲就可以少走许多路，我更恨自己长得太快、太重，因为这样加重了父亲的负担，使得父亲每走一步都越来越吃力了，我内心的忧愁也日益加重了，我的未来怎么办？我还有未来吗？

然而在我16岁那年，一件意想不到的事情发生了。有一回，我无聊地跟着电视学唱歌，父亲突然兴奋起来，似乎看到了一丝希望，他要我好好地练，好好地唱。从此，一有空父亲就背着我到河畔田头或村外树下练习唱歌。那年的“五四”青年节，县里举办歌手比赛，父亲背上我去报了名，没想到我竟得了个三等奖。接着，父亲又背上我去参加地区比赛，又拿了个特别奖，这件事对我和父亲触动很大，父亲便下了决心，要背着我去省城拜师学唱歌。

一个柳绿桃红的时节，父亲不顾多年落下的腰痛病，把我背出家门，背出山村，背到了几十公里外的省城。老师的家太高了，在五楼，然而父亲并没有犹豫，只是习惯地将我向上一抖，便向楼上爬去。一个台阶又一个台阶，一层楼又一层楼，父亲的脚步渐渐地由快变慢，甚至在颤抖，我心疼地要父亲放下我歇一会儿，可父亲怕放下来便再也背不上去了，硬是咬着牙，把我背上了老师的家。这五层楼，上百个台阶，父亲一步一步地背上背下，这一背竟又是整整一年。就这样，我在父亲的背上，艰难地走向音乐之路。

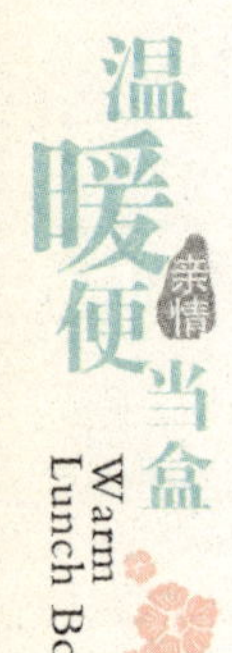

又一个春暖花开的日子，父亲要背着我离开省城，去更远的地方，放飞我的歌声，放飞我的梦想……临行前，我用一个儿子的全部身心帮父亲揉背，揉一揉这曾经笔直却渐渐弯了的背，揉一揉这背了我17年，也许还会一直背下去的背，父亲的背。

智慧博客

望子成龙的父亲忍受着病痛，默默地用爱温暖身残志坚的儿子的心。儿子成功了，但父亲的背却不再挺拔。父爱不仅仅是泪水与血汗的凝结，还是一种透过灵魂、无私忘我的奉献与关怀。这就是人们所说的“父爱如山”吧。

5万元的父爱

赵丰华

要不是父亲捎信，说病危要见儿子最后一面，志刚是不会回来的。

那条幽深的小巷，青苔比以前更多了。两边土木结构的房屋，破败不堪，路边张贴着拆迁告示。志刚知道不久后这片老房子就会从这个小镇上消失。

这些低矮的房子，早该消失了，志刚心里想。

志刚小时候，跟着一瘸一拐的父亲，背着竹篓，穿行在这低矮房子间的巷道里……父亲是捡破烂儿的。

“爸，这儿有烟盒子……哈！这儿还有个酒瓶子。”志刚的手脚总比父亲利落。爷儿俩欢快的笑声，在窄窄的小巷中荡漾。

在志刚的记忆里，父亲总是脏兮兮的。父亲有时候也讲卫生，志刚的杯子要用沸水烫过，吃饭前要志刚用肥皂洗手……

志刚上学了。父亲每天上午把志刚送到校门口。父亲目送志刚进了学校，便拿出一只大口袋，把同学们提出来的垃圾装进去。父亲装满一袋就吃力地扛到垃圾堆边，把纸片一张张拣出来……

“喂！志刚，校门口那个捡破烂儿的是你爸？”

志刚与父亲的话越来越少。每天上学，志刚跑在父亲前头，把父亲远远地甩在身后。父亲一颠一颠地紧走慢赶，累得气喘吁吁。

日子一久，父亲好像懂了些什么，不再和志刚一道出门。

志刚长大了，一遍遍地问：“爸，我的亲爹娘是谁？他们为什么要把我交给你？”

父亲沉默。志刚就砸碗扔盘子，然后一摔门跑了出去……

志刚赌气不回家。父亲沙哑的声音穿透重重暮霭，一声声撼动志刚的耳膜。志刚在父亲的呼唤声中，一步步向那个堆满垃圾的家走去。

“娃，你认命吧。等你有出息了……我会把一切告诉你的。”

转眼，志刚初中毕业了。

“爸，我要出去打工了，你给我凑点儿路费吧。”

父亲拿出一沓子钞票，交给了志刚。父亲的眼圈红红的，嘴角抽搐了几下，却没有吐出一个字来。

志刚走的头一天晚上，父亲买了几斤猪肉，做了许多菜，志刚从小到大，还没吃过这么丰盛的饭菜呢。

那晚，父亲一夜都在为志刚拾掇包袱。父亲几次走到志刚的床前坐下来，静静地看着躺在床上的志刚。

几年来，志刚在外面颠沛流离，他抱怨自己的身世。夜里，志刚常常捶胸顿足，诅咒上苍的不公平。

如今志刚又走在这条熟悉的巷道上，他急于想揭开自己的身世之谜。

志刚推开虚掩的房门。黑漆漆的屋子，静得怕人。志刚径直向墙角的那张床走去。

"刚儿，你……你回来了。"

父亲挣扎着要坐起来，志刚忙躬身扶起父亲。

父亲颤抖的手在枕头下面摸出一个小包来，他从小包里取出一张照片递给志刚。

照片上，是一个垃圾场，好大一个垃圾场。在垃圾堆成的小山丘上，有一个两三岁的小男孩。小男孩举起一块小石头，正要向成群的苍蝇砸去。旁边有一个窝棚，窝棚上升起白色的炊烟。远处是林立的高楼，车水马龙的声音好像正从高楼那边隐隐地传来……

"刚儿，照片上的孩子就是你。你的父亲原本是生意人，只可惜染上了毒瘾，几十万的资产都快耗尽了……他们求我收养你，给了我一个存折，要我带上你走得远远的。这个窝棚原本是我搭的，我带着你走后，你父母就住进了里面……你父母说存折上的钱是他们最后的积蓄了，如果不交给我，他们会花光的……存折上的钱，我一分都没用……"

志刚接过存折一看,上面赫然写着“5万元整”。

“爸,我……我对不起您!”志刚的眼泪夺眶而出。父亲微笑着又躺下去了,呼吸开始变得急促。

志刚慌忙背起父亲,冲出这片低矮的房子,向镇医院跑去……阳光洒在爷儿俩身上,闪耀着金色的光芒。

智慧博客

“父亲”怀着一颗爱心,收养了一个弃儿,他无怨无悔,宁愿捡破烂也不去动用那笔钱。没有血缘关系,却让我们感受到血浓于水的深情。这就是父爱,深沉浓郁而又无私的父爱。

天堂里的电话号码

许文莉

好友的手机丢了。

她趴在桌上哭,眼泪哗啦啦地怎么也止不住。

的确,手机很漂亮,粉红色外壳拴了粉红色的中国结。可是我知道,好友不会仅仅为了一个手机而如此伤心。

一个礼拜过去了,我俩一起吃饭,冷不丁,她问我:“你相信天堂有电话吗?”

“你打算给我讲童话故事吗?”我笑着问。

“我相信。”她低着头轻轻地说,“我就有一个,可是那个号码和我的手机一起丢失了,这个号码是我天堂里的爸爸的。”

她父亲一年前死于癌症。

“刚上大学,很多同学都有手机,我没有。同学们笑着聚在一起玩手机时,我只能默默地走开。爸爸知道后说给我买一部,我们在商场一眼就看中了那部手机,都喜欢那种机型和颜色。爸爸说,就买这个,很像我女儿。”

对面的她完全沉浸在对父亲的回忆里。

"我的电话薄里第一个号码就是我爸爸的，有时淘气的我会拨爸爸的手机，通了，响两声就挂掉，阴谋得逞似的笑笑。如果手机占线，我就知道爸爸正忙。

"手机买了不到一个月，爸爸就住院了……"

去年，她请了几天假，再来上课时手臂上多了黑色的挽纱。

"爸爸下葬后，我去电信局注销了爸爸的手机号，可我保留了手机里的这个号。每天睡觉前我总要拨这个手机号码，那头开始总是忙音。

"喂，爸爸，你在天堂还要加班吗？要注意休息呀，我睡了，你也要早点儿睡啊……"

"每天深夜，我会对着忙音说这些话。碰到困难时，我听到忙音觉得那是天堂里的父亲给我的鼓励。过了一段时间，电话那头变成'此号码不存在'。爸爸，你为什么把号码漫游到天上去了呢？你还记得我吗？你的女儿还在想你呢。"

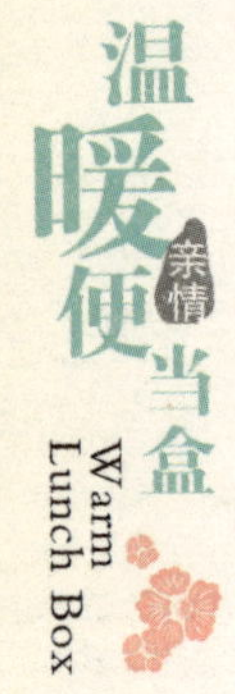

这天晚上我打了个电话回家，当那头响起父亲苍老的"喂"时，我的眼睛突然湿润了。

智慧博客

父亲永远是女儿心中的一座大山，累了倦了在山上总能栖息；父亲永远是女儿心中的一把伞，不管阴雨天晴，这把伞永远保护着女儿。当父亲在天堂里时，女儿仍然用心与父亲交流，仍然用心守护着父亲对自己的爱。

因为您，我无法沉沦

月下听禅

1999 年，我考上了县里最好的高中。

开学那天是一个酷暑尚未离去的秋日，天气更有一种莫名的浮躁。这样一个在空气中走动都会感觉到窒息的天气，没有谁喜欢在这时出行。但是，为了省下那来回 6 元钱的路费，父亲执意要用单车驮着我去那所知名的重点高中。

一路无言，在车子后面看见父亲单薄瘦弱的身体在烈日底下费力地蹬着单车，我原有的兴奋在不知不觉间遁于无形，心中只有一种莫名的凄凉。

到了学校把一切都安排妥当以后，已是正午。我要父亲喝点儿水休息一会儿再走，父亲执意不肯，说下午我还有课，要我好好休息，不要耽误了下午的课程。父亲临走以前掏遍了身上的每一个口袋，也只找出了 4.4 元钱要我先用着。望着从早上就滴水未进的父亲，想着他还要在烈日之下骑那么长时间的单车，我执意不肯收，然而终于还是没有拗过父亲，只好收下。父亲千叮万嘱，一再要我好好学习，要用功，要勤奋，以后要有出息……

望着父亲在烈日底下渐行渐远的身影，低头看见父亲塞给我的钱，脑海

中便不由浮现出父亲为我支付那笔昂贵的费用时，收款人那不屑一顾的轻蔑神态……

我忍住想哭的冲动，把已在眼眶中的泪水狠狠地逼了回去。为了父亲，我不哭，因为，父亲希望我坚强，所以，我必须拒绝眼泪。

高中三年，我经历了兴奋、欣喜、迷惘、无奈，终至失望绝望……

每天，我都在数理化中苦苦挣扎，在一次又一次的付出未果之后，我对自己已经彻底绝望，对学习已经没有了信心和欲望。

终于，在高三那一年，我决定放纵自己，因为选择堕落要比选择勤奋容易得多……

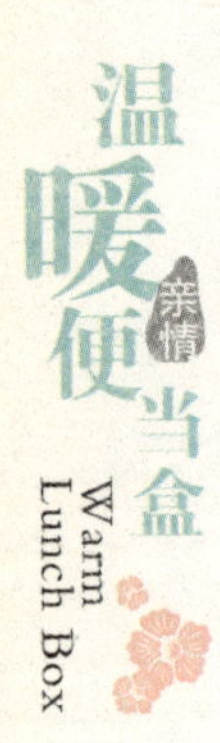

我背弃了父亲的期望和我最初的信念，开始在心烦的时候选择逃课。在那一年，我甚至学会了喝酒。

我沉沦着我的沉沦，无视着老师和同学们形形色色的目光。

只是每一次回家，当我面对父亲时，我依然会是一个积极上进的好女儿，我会和父亲谈论各种各样的事情，只是每一次谈及学习谈及考试，我都会用大堆大堆冠冕堂皇的理由来掩饰。因为，我实在不想也不敢去伤害一颗慈父的心，所以在父亲看来，我依然是值得他骄傲的极有前途的好孩子。

2002年7月7日，我怀着一定会落榜的自信走进了高考考场。

7月9日，当我递交上最后一张考卷时，我已经彻底平静，麻木地平静。我无知无觉地走出考场，天地之间便只剩下了绝望。

那天，父亲忙完农活以后来接我时已是深夜，看见父亲疲惫而满足的面孔，我麻木已久的心又一次被深深刺痛，也有了一种不可抑制的恐惧。

那段日子，我强忍住伤痛和父亲一起违心地讨论着大学，心却在隐隐作痛，因为我知道，父亲终将会失望，因为他对我期望太高。在父亲面前，我向来很乖；在父亲面前，我从不任性；在父亲面前，我一直是一个听话上进的好孩子……

成绩的公布并没有因为我的不安而延缓半点儿。

那一年，我的分数只有532分，而本科线为556分。

当我平静地告诉父亲时，我不知道接下来将会发生什么，就算是从来都没有厉声斥责过我的父亲此时打我几巴掌，我也认了。在很长一段时间的令人窒息的静默之后，我惴惴地抬头，正好与父亲的目光相对。我分明看见父亲眼里有一些没有隐藏住的什么在一闪一闪地灼伤着我的眼睛。

那一天，从母亲口中得知，在我高考之前的两个月，父亲因为已经很严重的骨质增生去医院开了几服中药。然而不知是因为医生交代不明，还是因为父亲在用药过程中忽视了什么至关重要的注意事项，父亲在喝下其中一服药之后，忽然就晕厥过去，神志不清。惊慌无助的母亲在邻居的帮助下将昏迷不醒的父亲匆匆送往医院才得以脱险，父亲醒来以后的第一句话就是让母亲不要告诉我，以免打扰我，影响我高考。

然而，当时我又在干什么？

父亲一言不发，只是那么失望地注视着我，让我除了深深的内疚和心痛之外别无感觉……

在一种莫名的突然袭来的冲动下，我撕碎了自求学以来所有的奖状和荣誉证书，在那些一直都被父亲视若珍宝、象征我曾经的荣誉、而今却换来耻辱的证明化为碎片漫无边际地飘落之时，我在父亲面前跪下了。

父亲在一声长长的叹息之后，推门离去，自始至终没有说一句话。

三年之前，对着父亲的背影我没有哭；三年之间，因为麻木我没有哭。

今夜，眼泪却已决堤。在我虚度了一千零一夜的幻想之后，卸下伪装，今夜终于理智面对现实。父亲啊，您可知道眼泪决堤时是何等的畅快。

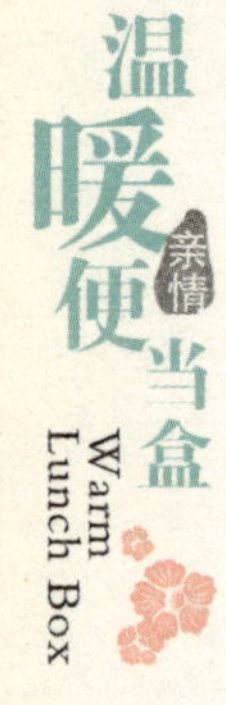

我最终决定复读，父亲依然给我无言的支持。在父亲再一次将我送回那熟悉的陌生地时，我已经恢复了平静，只是此时的平静已经不再有任何麻木的成分，因为我已经痛下决心决不虚度此行，不成功则成仁！

高四那一年，有过泪，有过痛，也不可避免地有过失望和无助，却从未想过要再次选择放弃，因为每一次念及颓废，三年前父亲的背影和那夜父亲的泪光，便会将那些累积的、不敢碰触的情绪变成恩泽浩荡的海洋，让我沉浸其中愧疚难当……

那年，我每次打电话回家，父亲只是嘱咐我要记得休息，别舍不得吃饭，别累坏了身体……对于学习，父亲却绝口不提。我知道父亲是不想让我再次忆起那些伤痛的往昔，然而父亲不知道往日的伤痛如今已经成了激励我的动力。

每次握着话筒我都想哭，却从来都不曾哭过，因为，从记忆冻结的那一天起，我便学会了父亲一直以来期望的坚强，我必须坚强。

2003 年 6 月 23 日 23 点，在接到同学打来的电话之后，我知道高考成绩已经公布了。我按了电话的免提键和父母一起查询我的高考成绩：本科线 480

分，我500分。跳动的心渐渐平息之后，回头看父亲，他笑得很释然。

我也想笑，却更想哭。父亲已经明显地老了，长期从事繁重的农活儿，父亲原本英俊魁梧的身材也已经变得瘦小，原本有神的双眼也已经渐渐浑浊，可是这次笑起来，却依然是那么年轻。

去聊城的前一夜，父亲宴请邻里来为我送行，因为按照村里的习俗，每一个大学生临走之前一定要宴请平日里相互照应的邻里吃顿饭。

我知道，父亲盼这一天已经盼了好久了，而我，让父亲又多等了不轻松的一年。我并不喜欢这种喧闹的场面，却在那天陪着那些和父亲一样淳朴而善良的人们坐了好久，听他们淳朴真诚的祝福，听他们天南地北地谈论。

他们都散尽之后，我发现父亲醉了。

父亲醉了，说了好多话，然后父亲对我发火了，因为我在高三那一年的堕落和许久以来我对他的欺骗。自我记事以来，我就没有见过父亲发火，

更不知道原来父亲也可以这么声色俱厉地呵斥我，更没有想到父亲会在这么一个日子里呵斥我。在我最令父亲伤心失望的时候，父亲没有骂我甚至没有一句大声的话，而今天我终于将他的企盼实现以后，父亲终于还是对我宣泄了压抑已久的情绪。

我静静地听着父亲对我的不满，默默记着父亲对我的企盼，没有感到丝毫的委屈或是不甘，因为我能理解父亲的那一颗拳拳之心。

而今，父亲依然会小心收藏我每一份大大小小的获奖证书，不时会拿出来看看，偶尔会在乡邻面前小小地炫耀，我想我是不会再有将它们撕碎的机会了。

父亲只是一个普通的农民，从来都不懂得什么人生的哲学或是高深的文化，但是父亲却凭借着他独有的质朴和忍耐让我走过了那段迷惘无知的岁月，这份情，我又怎能不在乎？

父亲并不伟大，他也不会用生动华丽的语言把自己对女儿的爱作什么诠释，甚至我现在正在写着的东西父亲也不一定能够完完全全地看明白，但是那份深深浓浓的拳拳之情却是任何人都无法置疑的！

智慧博客

爱有时朴实无华，没有任何值得夸耀的，但正是爱为我们挡风避雨，为我们燃起希望。面对许许多多沉甸甸的爱，我们又有何权利去选择沉沦，有何理由不去奋斗呢？

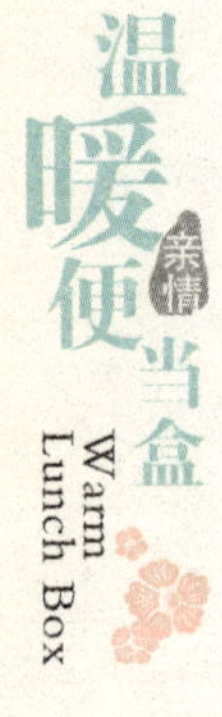

梯子

[新加坡]周粲

年轻的爸爸和他的儿子一起在后花园放风筝。小小的园地，小小的风筝。

小小的风筝飞呀飞的，就飞到了墙头上。墙头上的野花，把风筝紧紧地缠住了。

于是爸爸说，必须去拿一架梯子来，然后爬上梯子，取下墙头上的风筝。

爸爸要爬上梯子，但是儿子说："爸爸，让我来吧。"

爸爸看了看他9岁的儿子，想了又想，终于说："也好，让你来就让你来。"

儿子像猴子一样爬到梯子的最高一级了。

儿子转过头来，嘻嘻地笑。他的笑声，像是用早晨的牵牛花吹出来的一样。

儿子解开了风筝绕在野花上的线，正要下来，爸爸却用一只大手和一个声音制止了他。爸爸说："慢着！"

儿子停住了，望着爸爸，用眼睛问爸爸："怎么了？"

爸爸说："我先讲个故事给你听，听完了你再下来。"

于是儿子笑得更开心了，他一手抓住梯子，一手拿着风筝，等爸爸讲故事。

爸爸讲的故事,没有一次是不好听的。

爸爸说:"从前有个爸爸,告诉他那个站在一架很高很高的梯子上的儿子说:'你跳下来,你一跳下来,爸爸一定会在下面把你抱住。'听见爸爸这么说,儿子很放心,就像游泳时跳进水里一样纵身一跳。哪知道当儿子就要投进爸爸的怀抱里的前一秒钟,爸爸的身体一闪,站在了一旁。儿子扑了个空,掉在地上,屁股差一点儿'开花'。儿子哭哭啼啼地站起身来,问爸爸为什么要骗他。爸爸说:'我要给你一个教训,连你爸爸的话都靠不住,别人说的话,更不必说了。'"停了一停,爸爸继续说:"我们也来照着做一次好不好?"

儿子一听,脸都变白了。

爸爸说:"不要怕,勇敢一点儿,你只要跳那么一次就行了。我要你留下深刻的印象,免得你以后长大了,容易上人家的当。"

但是儿子显然并没有被爸爸的话说服。他脸上惊愕的表情丝毫没有消退,然而他还是不敢违抗命令。他站在那儿,动也不敢动。

爸爸开始发号施令了:"听着啊,我喊一二三,喊到三的时候,你就跳下来!"

站在梯子上,儿子的脸像一个还没

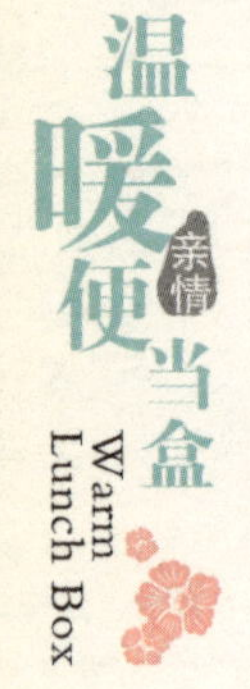

有熟透的橘子。

爸爸喊了:“一……二……三!”

咬紧牙根,忍着泪,儿子从梯子上跳了下来。他等待着自己的身体像一个南瓜,“扑腾”一声,摔得支离破碎……

然而,好奇怪,爸爸的手竟然没缩回去,他的身体也没移开。他还是定定地站在原来的地方,把掉到他两手中的儿子,牢牢固固、结结实实地接住了、抱住了。

儿子虽然不曾受伤,但是他的神情,比刚才还要疑惑,他张大了眼睛问:“爸爸,你为什么骗我?”

爸爸笑出声来。爸爸说:“爸爸要让你知道:即使是别人的话,有时也是可以信任的,何况是爸爸的话呢!”

所有的玫瑰花,都回到儿子脸上。他搂住爸爸,不住地吻爸爸的双颊。

爸爸和儿子拉着风筝,向后园的一角跑去。

智慧博客

文中的爸爸让儿子用亲身体验去体会人生中的深刻道理，相信这可以让儿子铭记一生。父亲的教育方式,总是那么奇怪,而教育的效果却出奇地好。

一个孩子告诉我们的

希尔·斯通

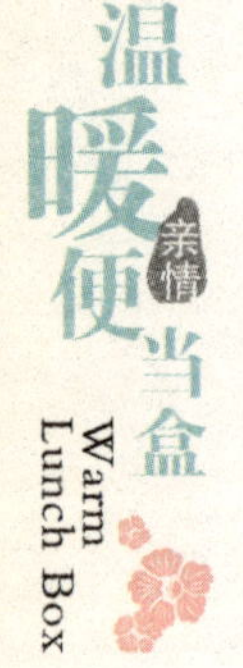

有一个关于一位牧师的令人惊奇的小故事：在一个星期六的早晨，牧师打算在很困难的条件下准备明天讲道的内容。他的妻子出去买东西了。外面下着雨，他的小儿子吵闹不休，令人厌烦。最后，这位牧师在失望中拿起一本旧杂志，一页一页地翻阅，翻到一幅色彩鲜艳的大图画——一幅世界地图时，他就从那本杂志上撕下这一页，再把它撕成碎片，丢在地上，说道："小约翰，如果你能拼好这些碎片，我就给你两角五分钱。"

牧师以为这件事会使小约翰花费上午的大部分时间。但是没过十分钟，就有人敲他的房门，正是他的儿子。牧师惊愕地看到小约翰如此快地拼好了一幅世界地图。

"孩子，你是怎样把这件事做得这样快？"

"啊，"小约翰说，"这很容易。在另一面有一个人的照片，我就把它翻过来。我想如果一个人是正确的，他的世界也就会是正确的。"

牧师微笑起来，给了他的儿子两角五分钱。"你也替我准备好了明天的讲道。”他说，“如果一个人是正确的，他的世界也就会是正确的。”

这个故事给予我们很大的启示：如果你想改变你的世界，首先就应改变你自己。如果你是正确的，你的世界也会是正确的。这是一种积极的人生态度，当你抱着这种态度对待人生时，你世界里的一些问题势必会在你面前低头。

智慧博客

人最大的敌人是自己，若要改造世界首先要改造自我。在风雨的历练中磨砺出乐观的品性，在岁月的沧桑中淘洗出知识的精华，然后你就会发现，正是微不足道的力量改变了我们的世界。

人生的抉择

赵　辉

周国平先生讲过一个这样的故事。

一个农民从洪水中救起了他的妻子，他的孩子却被淹死了。事后，人们议论纷纷。有人说他做得对，因为孩子可以再生一个，妻子却不能死而复活；有人说他做错了，因为妻子可以另娶一个，孩子却不能死而复生。

哲学家听说了这个故事，也感到疑惑难解，就去问农民。农民告诉哲学家，他救人时什么也没想。洪水袭来，妻子在他身边，他抓起妻子就往山坡上游。待返回时，孩子已被洪水冲走了。

读到这个故事时，我被这个农民打动了，我从内心深处佩服这个农民。

这个农民没有文化，也不懂哲学，更不懂人生的抉择一类的命题。当洪水袭来时，他没有去考虑如何抉择的问题，他只是知道要赶快救人。救人就不能舍近求远，只能是尽己之力把处于危险中的人救到山坡上。

这个农民如果进行了一番抉择的话，事情的结果会是什么样呢？

洪水袭来了，妻子和孩子被卷进旋涡，片刻之间就要没了性命，而这个农民还在山坡上进行抉择——是救妻子重要呢，还是救孩子重要呢？

我想，也许等不到农民继续往下想，洪水就把他的妻子和孩子都冲走了。

在生活当中，有许多时候，我们并没有机会和时间进行抉择。

有人总喜欢在做一件事情之前再三权衡利弊，犹犹豫豫，举棋不定。结果，等到想好了去做时，早已时过境迁，机会已经没有了。

把手头的机会抓住，这是至关重要的。最靠近你的机会就是最重要的和最迫切的。把手头的机会抓住了，就等于把一切机会都抓住了。因为，过去的机会已不复存在，而未来的机会总是要一步一步才来到你身边的。没有到来之前，你即使绞尽脑汁，也是徒劳枉然。

人生的抉择是最困难的，也是最简单的：困难在于你总是把抉择当做抉择，简单在于你别去考虑抉择的问题，只是动手去做。

人生的抉择，一直困扰着无数的文化人。令人深思的是，这个没文化的农民，可以做我们这些文化人的导师。

智慧博客

人生中没有那么多可供选择的机会，也没有那么多让你考虑的时间，虽然人生的抉择是困难的，但也是简单的，关键取决于你的心态。有的时候，凭本能作出的决定或许就是最佳的抉择。

父爱如灯

尤天晨

他原本在一家外企就职，一次意外使他的左眼失明。他失去了工作，到别处求职，却因眼睛问题连连碰壁。挣钱养家的担子，便落在妻子肩上，日久天长，妻子开始鄙夷他无能，对他颐指气使。

她日渐感到他的老父亲是个负担，整天拖鼻涕、淌眼泪，让人看着恶心。她不止一次跟他商量，要把老人送到老年公寓去，他总是不同意。有一天，他们为这事在卧室里吵起来，妻子嚷道："那你就跟你爹过，咱们离婚！"他一把捂住妻子的嘴说："你小声点儿，当心让爸听见。"

第二天早饭时，父亲说："有件事我想跟你们商量一下，你们每天上班，孩子又上学，我一个人在家太冷清。我想到老年公寓去住，那里都是老人。"

他一惊，父亲昨晚果真听到他们争吵的内容了。"可是，爸……"他刚要说些挽留的话，妻子瞪着眼，在餐桌下踩了他一脚，他只好把话咽了回去。

一个星期天，他带着孩子去看父亲。一进门，便看见父亲正和室友聊天。父亲一见孙子，就像见了心肝宝贝似的又抱又亲，还抬头问他工作怎么样，身体好不好……他好像被人打了一记耳光，脸上发起烧来。

“你别过意不去。我在这里挺好，有吃有住，还有的玩……”父亲看上去很满足，他的眼睛却渐渐蒙起一层雾来。

等到又一个星期天，他去看父亲，刚好碰到市卫生局的人动员老人们亡故后捐献遗体器官。很多老人都说，他们这辈子活得很苦，要是死都不能保个全尸，太对不起自己了。这时，父亲站起来，他问了两个问题：一是捐给自己的儿子行不行，二是趁活着捐可不可以。

父亲说：“我不怕疼。我也老了，捐出一个角膜，生活还能自理；可我儿子还年轻啊，他因一只失明的眼睛，失去了多少机会。要是能将我儿子的眼睛治好，我就是死在手术台上，也心甘情愿……”

屋子里静静的，所有人停止了谈笑，把震惊的目光投向老泪纵横的父亲。

他满脸泪水，迈着沉重的脚步，一步步走到父亲身边，和父亲紧紧地拥抱在一起。

当天，他不顾父亲的反对，办好有关手续，接父亲回家。至于妻子，

他已作好最坏的打算。临走时，父亲一脸欣慰地与室友告别。室友一把眼泪一把鼻涕地埋怨自己的儿子不孝，赞叹老人的福气。父亲说："别这样讲。俗话说，庄稼是别人的好，儿女是自己的亲，打断骨头连着筋。自己的儿女，再怎么都是好的。你对小辈宽容些，孩子们终究会想过来的……"

说话间，父亲还用手给他捋了捋衣上的褶皱。他再次哽咽，感到父亲的爱，在他的眼前照出一条明亮的路。

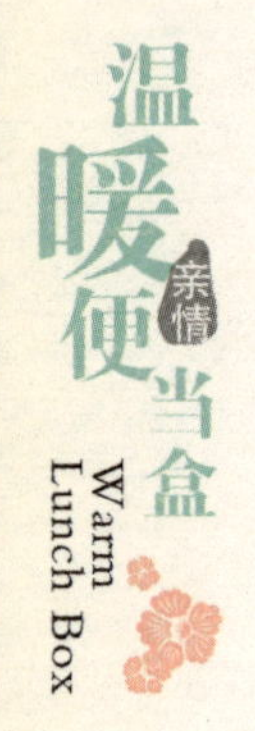

智慧博客

父爱如灯，那是无限的宽容与慈爱，更是无私的给予与祝福。父母为子女倾其所有，劳心费力，只为了一个"爱"字。愿此时，每一个儿女的心中都饱含对父母的感恩之情。

父亲的眼睛

阿 易

有一个男孩，他与父亲相依为命，父子感情特别深。

男孩喜欢橄榄球，虽然在球场上常常是板凳队员，但他的父亲仍然场场不落地前来观看，每次比赛都在看台上为儿子鼓劲儿。

整个中学时期，男孩没有误过一场训练或是比赛，但他仍然是一个板凳队员，而他的父亲也一直在鼓励着他。

男孩进了大学，他参加了学校橄榄球队的选拔赛。能进入球队，哪怕是跑龙套他也愿意。人们都以为他不行，可这次他成功了——教练挑选了他是因为他永远都那么用心地训练，同时还不断给别的同伴打气。

但男孩在大学的球队里，还是一直没有上场的机会。转眼就快毕业了，这是男孩在学校球队的最后一个赛季了，一场大赛即将来临。

那天男孩小跑着来到训练场，教练递给他一封电报，男孩看完电报，突然变得死一般沉默。他拼命忍住眼泪，对教练说："我父亲今天早上去世了，我今天可以不参加训练吗？"教练温和地搂住男孩的肩膀，说："这一周你都可以不来，孩子，星期六的比赛也可以不来。”

星期六到了，那场比赛打得十分艰难。当比赛进行到 3/4 的时候，男孩所在的队已经输了 10 分。就在这时，一个沉默的年轻人悄悄地跑进空无一人的更衣间，换上了他的球衣。当他跑上球场边线，教练和场外的队员们都惊异地看着这个满脸自信的队员。

“教练，请允许我上场，就今天。”男孩央求道。教练假装没有听见。今天的比赛太重要了，差不多可以决定本赛季的胜负，他当然没有理由让最差的队员上场。但是男孩不停地央求，教练终于让步了，觉得再不让他上场实在有点儿对不住这孩子了。“好吧，”教练说，“你上去吧。”

很快，这个身材瘦小、从未上过场的球员，在场上奔跑，过人，拦住对方带

球的队员，简直就像球星一样。他所在的球队开始转败为胜，很快打成了平局。就在比赛结束前的几秒钟，男孩一路狂奔冲向底线，得分！赢了！男孩的队友们高高地把他抛起来，看台上球迷的欢呼声如山洪暴发！

当看台上的人们渐渐走空，队员们沐浴以后一一离开了更衣间，教练注意到，男孩安静地独自一人坐在球场的一角。教练走近他，说："孩子，我简直不敢相信，你简直是个奇迹！告诉我你是怎么做到的？"

男孩看到教练，泪水盈满了他的眼睛。他说："您知道我父亲去世了，但是您知道吗？我父亲根本就看不见，他是盲人。"

"父亲在天上，他第一次能真正地看见我比赛了。所以我想让他知道，我能行！"

智慧博客

这个故事催人泪下，想让父亲"看见"自己比赛的心愿使得男孩在球赛中超常发挥，可见父亲在小男孩心目中的地位。这样一个懂事的孩子，没有辜负父亲对他的期望，而父亲的在天之灵也可以安息了。

一起经营幸福

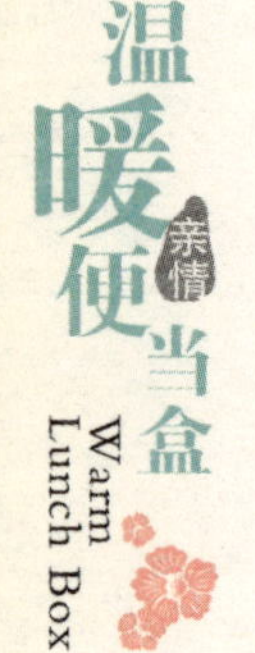

郝先生

我有个朋友在农学院开超市，那天我到他店里找他，忙得不亦乐乎的他见到我的第一句话竟是："阿坚，快帮我做会儿生意！"

确实是忙。要开学了，不断有新生家长领着孩子在店里买席子、挑蚊帐、选台灯……

我看到一对父子在那几款台灯前挑了好久，嘴里还小声地争论着什么，便主动迎了上去，问："请问喜欢哪种款式啊？"

那位父亲转过头看我，憨厚的脸上竟有些羞涩，一看就是位朴实的农民。他指着边上一只浅蓝色的带小闹钟的那款说："就……就要这种！"

我一看，价格牌上标着 48 元，是最贵的一个，便说："有眼力，这台灯颜色清爽，又带闹钟，既美观又实用——我给你装到盒子里。"

"不要！不要！"旁边那孩子一下涨红了脸，拿着另一盏相对比较简易的红颜色的台灯说："我买这个。"我看到挂在旋钮上的标签上写着 18 元。

哪知道他父亲居然跟他抢了起来，说："娃，爹买得起，咱买个好的，不伤眼睛，耐用……”硬是把那只淡蓝色的台灯拿到了我面前，憨憨地笑：“我娃怕我没路费回家呢，我带了不少钱哩。”

他嘴里说着，从发旧的人造革提包里掏出一个小布包，打开来有一沓子钞票，叠得整整齐齐的，最下面是20元的，还有10元的、5元的、2元的，最上面有十几张两角的，厚度蛮高，其实充其量也就200元钱。他喜滋滋地一张一张数钱给我，说：“我娃眼睛好使着呢，我要买个好台灯。”

我看着他数钱的粗糙的手，突然鼻子有些发酸，这是双和我农村老家那些父老乡亲一样的手，攥惯了锄头，点起钞票却是那么笨拙。他们的钱全是用辛勤的汗水换来的，得来是那么不容易，但如果他们的孩子上学有出息，他们会毫不犹豫地把钱拿出来，孩子的成功就是他们一生的宏愿啊。为了孩子，天下的父母什么都舍得。

我小心地把那盏台灯装在纸盒里，郑重地递给那个腼腆的孩子，看着他的眼睛说：“好好利用它，好好用功。”

那孩子低下头，轻声说：“是，叔叔。”

我盯着这对父子走出很远。孩子捧着宝似的捧着台灯在前面走，父亲拎着小包在后面颠颠地跟着，他们一起向宿舍楼走去。我想，这对憨厚朴实的农村父子，正一步步坚实地走向他们的理想……

智慧博客

父母不管吃多少苦，都会尽力给孩子最好的。城里的父母如此，农村的父母甚之。而对父母最好的回报，就是要用功读书、努力工作。否则，对不起的，是父母的一份厚望！

牵挂

赖玉凤

小镇的汽车站到了，父亲刹住车帮我拿下行李说："到了学校给家里打电话，别老让你妈担心。"这是走了十几里山路后父亲说的第一句话。我应了一声，父亲就再没开口，只是默默地看着车来的方向，手中拿着我简单的行李。我从侧面看了一眼父亲，内心一阵酸楚。父亲又瘦了许多，由于常年的劳累奔波，父亲没有胖过。此刻我又要远离家乡去读书，他那本已布满皱纹的额头不知又要爬上几道皱纹了。我忍不住又看了一眼父亲日趋消瘦的身躯，我担心他会被艰辛的生活压垮。

车来了，我跳上汽车，父亲把捆得结结实实的行李又仔细察看了一遍，挨个儿拍拍，这才递给我。我站在车门口，等着父亲还有什么话，但他只是眯着眼睛看了看我，终于没有说一句话。车开了，父亲还站在那儿，直到变成一个小黑点，被汽车掀起的漫天尘土裹住。

我蓦地感到父亲的衰老，老得让我心痛，老得让我自责自己的长进不大。望子成龙，望女成凤是每个父母的心愿。可是成了龙凤又怎样？上了天还不是

“呼”地一下飞走了吗？

每天，在大街小巷都会遇上父亲般年龄的父辈。他们匆匆忙忙的脚步声，是为自己的子女弹奏的进行曲，他们隐忍的愁苦，有多少是为自己？父辈们不容易，那一脸的茧，一腔的苦楚，一颗不堪重负的心，把他们的日子包藏得严严实实。父亲何曾不是这样？天下的父亲都是一样啊！

在这种默默的爱意里，我一天天长大。

我知道父亲工作很累，头顶星辰而出，身披月色而归，有时甚至要在外露宿，特别是刮风下雨时路又滑又黏。每一个雨天我都心惊胆战，心里不断地为父亲祈祷。有时天气好好的却也弄得三更半夜才回得来，回到家时全身都是油味，衣服黑呼呼的洗也洗不掉。深夜回来时饭菜都凉了，妈就为他煮面。这时，我们姐弟几个就会很懂事地爬起来为父亲驱除一天的疲劳。这或许是父亲感到最欣慰的了。

父亲对我们很严厉。好多次，我真的很想向他倾吐自己对他严厉管教的感激，

但虚荣和矜持使我无言凝视着他的苍老。尽管我们都希望彼此交谈，却谁都不愿先开口，这是中国人的特点，含蓄奔放的感情很少外露。

爱情可以化永恒为云烟一去不回，友情也可能因承受不住任重道远的负荷而随波逐流，唯父母情亘古不变，即使用愤怒、孤独把它伤害得淋漓尽致，但它依旧不改为我牺牲的初衷，朝朝暮暮地为我守候。

看过很多写父亲的文章，这无疑是对父亲的一种回报。对父亲，我们满含深情，即使写成天下最长的文字，也未必能表达这份爱，唯愿把这些凝固成文字的情和爱，换成行动，让我们用心、用真诚滋润他们衰老的心。面对父辈，我们一直生活在遗憾和悔恨中，而避免这种“痛苦”的最好药方就是浅浅地付出真情。

远在天涯的人，时时牵挂一方土地吗？不是的，不过是故乡的几个人把我们牵挂罢了，特别是为我们付出了很多的父亲。

智慧博客

魂牵梦萦地牵挂，荡气回肠的真情，无私无畏地奉献，竖起了一座丰碑，将父爱的伟大铭刻进子女的心怀。这种爱绵延至千山万水，书写着亘古不变的浓情，带给子女一生无尽的温暖。

父亲就是打破神话的那个人

陈志宏

他5岁的时候，不幸患了小儿麻痹症。乡卫生院的医生对他的父亲说："你就别浪费钱了，到县里买个好点儿的轮椅吧。他这一生肯定要在轮椅上度过了。"

他的父亲沉默良久，吸完了一袋烟，背起儿子一个劲儿地往县城赶。县医院的医生把话说绝了："你就是把儿子背到北京去治，他也站不起来。"

12岁那年，他坐着轮椅去学校上学，端端正正地坐在小学一年级的教室里。他的成绩不算好，但音乐老师喜欢他，夸他乐感好，嗓音也不错。夸过之后，音乐老师又无奈地摇摇头自语道："一个残疾人，要想唱歌，难啊！"

一天，他对父亲说："爸，李老师说我的歌唱得好。我想唱歌。"在村里，身体健全的孩子都不敢有唱歌、跳舞的念头，他的想法一时被传为笑谈。村里的人众口一词："他想当歌星？讲神话呦！"只有他的父亲把他的想法当一回事，认真地说："儿子，只要你有这个想法，我就一定要让你成为一名歌星。"

他的父亲把他背出了山村，背上了火车，直奔省城。他看见了山外精彩的

世界,抑制不住内心的激动,在父亲的背上一路高歌。

当这对父子俩站在某高校音乐系主任家门口的时候,城市已是万家灯火,饭菜的香味儿冲进他们的鼻子,一整天没吃东西的他们越发感到饥肠辘辘。系主任把门打开,他父亲立即跪了下去,央求道:“主任,我儿子有音乐天分,求你收下他吧!”

系主任惊讶地问:“谁说你儿子有音乐天分?”

他父亲说:“我们村小李老师说的。”

系主任委婉地把他们拒之门外。

他们无奈地跨出学校大门,茫然地行走在陌生的城市中。

他俩走了很多地方,敲了很多门,都被人冷冷地拒在了门外。他的父亲依然没灰心,背起儿子又踏上了新的求学之路。他们的真诚和执著终于打动了一所民办高校的艺术系主任。他成了音乐班免费的特招生。

经过一年的正规训练,原本资质不算好的他在学校赢得了歌王的美誉。他演唱残疾歌手郑智化的《水手》曾让无数观众为之动容。

离开学校后，他对父亲说："我要去北京唱歌。"他父亲二话没说，把他背到了北京。他拄着拐杖跑场子，一首又一首歌唱着美好的生活。

几年过去了，他成了业内颇受欢迎的"地下歌星"，凭借自己的努力，在北京买了房子，把山村里的家人全接到了首都。他的父亲却因过度劳累，离开了人世。那一年，他 24 岁，他父亲 57 岁。

父亲的背是他实现梦想的人生航船，父亲的意志是他超越现实的人生航标。父亲给他温暖，给他力量，给他自信，给他实现人生价值的阶梯。

父亲就是打破神话的那个人！

智慧博客

为了让儿子实现梦想，父亲坚强地扬起了爱的风帆，尽管一路航行难上加难，但父亲不辞辛劳，终于帮助儿子实现了理想。父亲最后倒下了，但父亲的影响与力量会永远支撑着儿子前行。

和爸爸一起做音箱

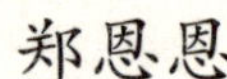

郑恩恩

"很抱歉,儿子,我们没钱。"这句话真是字字如雷,似要敲碎我的心。

那一年我13岁,正值崇拜偶像的年纪。我迷恋甲壳虫乐队,剪了同样的发型,拥有一把挺好的吉他,独缺音箱。而我必须有一个音箱,否则不能组织自己的乐队。所以爸爸的话刚出口,我觉得甲壳虫乐队的《失落者》仿佛专为此而唱。

但同往常一样,爸爸总有办法实现我的愿望。"咱们自己做!"他说。

自己做?我满心疑惑,但别无选择。从此,日复一日,爸爸牺牲所有的闲暇时光,和我一起为做"咱们自己的"音箱挑选木材、喇叭、蒙在音箱上的编织布料,甚至微不足道的胶水。终于,我们完工了,我也将组队参加学校的比赛。但我心底始终有个疑惑挥之不去:花在材料上的钱几乎可以直接买一个音箱,我们为什么要自己做呢?

比赛的日子到了。当我去后台时,竞争者们陆续来查看我的家当。最后自制的音箱引起了他们的注意。有人问:"什么牌子的?自己做的吗?"我窘得无言以对，只能坦白“招认”：“是的，我爸爸和我一起做的。”出乎我的意料，对方由不屑变得十分羡慕，甚至有点儿妒忌：“唉，我爸爸从来不和我一起做这些事。”

羞愧顿时烟消云散，我感到无比自豪和幸福：我有一个多么了不起的爸爸。他可以无私地奉献他的时间和精力，只是为了陪我美梦成真。这时，我看到爸爸在一个不起眼的角落正对我微笑。

我的乐队最终没能获奖，因为从自制音箱发出的音乐不够流畅、华美。但我并没有感到太多的沮丧，我知道自己已经获得了真正意义上的“胜利”。

如今，我也已为人父。最近，当我再度提及此事，爸爸证实了我的疑惑：他并不是没钱买音箱。爸爸微笑着说：“我真的只想和你一起分享一些时光。那些制作音箱的夜晚，我们懂得了许多的东西，不单是电线什么的，更重要的是彼此的情感。”

的确，爸爸给了我金钱难以替代的真情。别人的父亲或许只是简单地给他们的儿子购买音箱，但我的爸爸却给了我：他的时间、他的关注、他的爱心。别人的儿子期待完美的设备，我更期待一份真正的父爱。

那个自制的音箱因种种原因很早就丢失了，我愿付出任何代价再去触摸它一下。而那些无从触摸的情感，更让我永怀感恩。

今天，我似乎仍能清晰地回想起自制音箱的形状，闻到它散发的胶水味，听到它传出的第一个音符，看到爸爸微笑的脸——特别是那双爱意挚深的眼睛。这就是我全部的“家当”。

智慧博客

父亲和“我”一起做音箱，是想和“我”一起分享时光，他用这种方式表达着对“我”的爱，每一个父亲表达父爱的方式都是不同的，但他们的爱却是相同的，这份爱将陪伴孩子一生。

在爱的阳光下，不再流浪

向善的灯

罗　西

这个故事发生在巴西。

暴风雨之夜，在某个偏僻的山村里，有位女士即将分娩，可她的丈夫却在监狱里，她身边只有一个5岁的小男孩。情急之下，这位女士报了警。但由于暴雨已经造成洪灾和泥石流，救护车和救灾人员已经全部出动了。留守的警员只好打电话到地方服务社团团长家里请求协助。

那位团长马上答应，并亲自驾车到那位女士家把她送到医院，使她顺利生产，母子平安。这时，团长才想起孕妇家里还有一个小男孩，必须立即去把他接走，便用手机给社团里最不热心但也是最后一个没有出动的团员打了电话，希望他能去救助那位受困的小男孩。

那位"落后分子"很不情愿地从被窝里钻出来，懒洋洋地驾车到了小男孩的家。他一路上还一边诅咒着鬼天气，一边吹着口哨。费了一番周折后，他终于找到了小男孩的家，把小男孩抱上了车。

那男孩上了车后，就一直盯着"落后分子"看，突然他开口了："先生，你是不是上帝？”这位老兄被突如其来的问话给“震”住了，有些丈二和尚摸不着头脑，莫非小男孩受了惊吓，精神出了问题？他吐掉嘴里的口香糖，有点儿结巴地问：“小弟弟，为什么说我是上帝？”

小男孩说：“我妈妈要出门时，告诉我要勇敢地待在家里。她说，这个时候只有上帝能够救我们。”这位先生听了这话，脸一下子红到了脚后跟，他惭愧地腾出一只手摸了摸孩子的头，慈爱地说：“我不是上帝，我是你的朋友。”他万万没有想到有一天自己也可以成为别人眼里的“上帝”，他突然觉得是那孩子天真的眼神点燃了自己内心的那盏灯——向善的灯。

智慧博客

每个人心中都有一盏照亮心灵的灯，这盏灯用善做燃料，用爱做灯芯。点燃这盏灯，会给自己和他人带来温暖，带来真诚，也会给你自己带来意想不到的快乐。

佛心

张丽钧

初秋时分，我与几个新结识的朋友一道乘一辆小面包车去游览峨眉山。

一个叫叶子的小女孩很快就成了车上的中心人物。5岁的叶子居然可以声情并茂地背诵李清照的《声声慢》。她妈妈让她再背一首苏轼的《念奴娇·赤壁怀古》，叶子说："我没情绪背这首词。"大家哄笑起来。

过了一会儿，叶子蹭到司机跟前，小声问他："叔叔，后面那只小猴是你的吗？"大家见她这样问，便都回头去看——在后窗的一边，悬着一只小布猴，身体随着车身的晃动来回摆个不停。司机说："喜欢吗？喜欢就送给你。"叶子连忙摆手说："叔叔，我不想要你的小猴子，我只想动动它。"司机笑了笑说："动吧，我批准了。"叶子爬上后座，摘下小猴子，让它"坐"在后排的椅背上，说："好了，坐着它就不会累了。"

安顿好了小猴子，叶子又蹭到司机跟前，疑惑地指着汽车挡风玻璃上的一片片污迹问："叔叔，你的汽车玻璃是不是该擦了？"司机打开喷水装置和雨刮，很快就把玻璃上的污迹清理干净了。但是，刚开了一小段路，玻璃上面就又污迹斑斑了。叶子问司机怎么这么快就脏了,司机说那不是脏,是车开得太快,一些飞行的小昆虫撞死在玻璃上了。叶子“啊”了一声,这时候,一个小蚂蚱样的东西,“咚”地一下子撞在了玻璃上面,飞行的生命,顿时变成一摊红红黄黄的污迹,叶子看呆了。她带着哭腔央求司机说:“叔叔,你开慢点儿吧,别撞死这些小虫子。”

中午的时候,我们到了峨眉山报国寺下面的停车场。大家徒步往寺院方向走。这时,一位老先生不解地问导游:“地上怎么这么多一截一截的电线啊?”导游笑着说:“您真有想象力,这可是晒死的蚯蚓。这里的蚯蚓特别多,也特别粗。这么毒的太阳,它们爬到水泥地面上来,还不很快就给晒成‘电线’了。”大家听罢都大笑起来。

过了一会儿,突然听见叶子的哭声,大家跑过去问原委。叶子妈妈说:“叶子在路上看到一条蚯蚓,怕它晒死,就勇敢地把蚯蚓扔进草地里。但不知怎么的,扔完了蚯蚓自己就哭了,可能是吓的吧。”

到了报国寺,大家都去寺里礼佛。叶子没有去,她在一边哭,一边扔爬上水泥地面的蚯蚓。我也没有去,我的那颗虔诚的心不由朝向了小小的叶子。

智慧博客

女孩的心中有怜悯、有关怀、有无私的爱。虔诚礼佛是形式上的泽被苍生,但小女孩叶子纯真的善举,让我们清楚地看到,在那个瘦小的身体里,有着熠熠发光的如金子一般的慈悲之心。

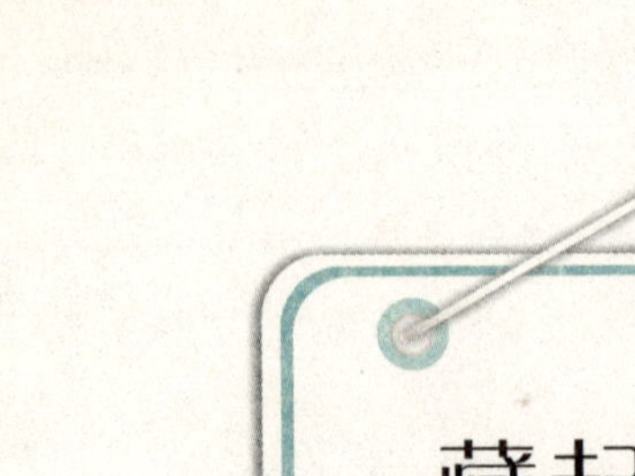

藏起母亲的秘密

张　翔

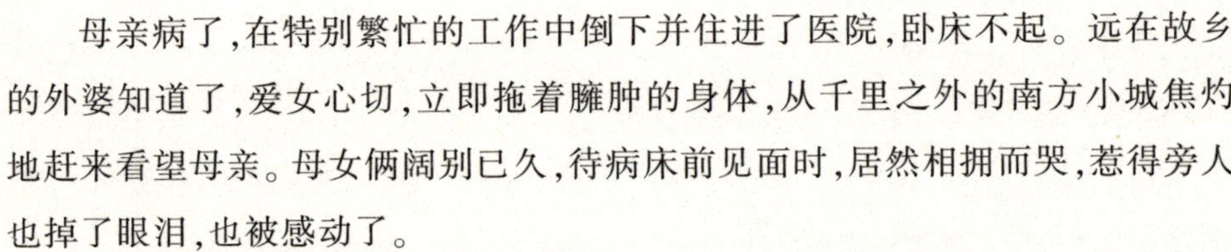

母亲病了，在特别繁忙的工作中倒下并住进了医院，卧床不起。远在故乡的外婆知道了，爱女心切，立即拖着臃肿的身体，从千里之外的南方小城焦灼地赶来看望母亲。母女俩阔别已久，待病床前见面时，居然相拥而哭，惹得旁人也掉了眼泪，也被感动了。

外婆开始不停地嘘寒问暖，唠叨不停，手也不停地交互揉搓着，可见她心中的急切。她问母亲："你到底感觉如何，气色怎么这么不好？"

母亲微笑着说："感觉还好，就是没有什么食欲，米饭都不想吃。"

外婆急了，说："孩子，不吃东西怎么行啊？你好好想想，到底想吃点儿什么？"

母亲诡异地笑了："其实我就想吃你包的芹菜馅儿饺子。"外婆顿时微笑起来，仿佛终于找到了治病的良方，拍膝而起，说："好！我去给你包，你小的时候最喜欢吃的就是芹菜馅儿饺子！"

说完便起身拉我回家，和面包饺子去了。在家里和面包饺子的时候，外婆不让我插手，因为我向来不进厨房，她怕我坏了她的好事。

我在厨房门口悄悄看着，外婆包得极为细心，搓揉扭捏间，老泪轻流。一个多小时之后，芹菜馅儿饺子终于包好了，个个饱满鲜香，外婆将它们装进保温饭盒，扯着我就匆匆出门了。

外婆一路上走得很急，颤巍巍的。我知道她定然是怕饺子凉了。到医院的时候，母亲见着饺子就高兴起来，仿佛犯馋很久了，连忙伸手去接，却忽然想起自己的手脏。于是要外婆去打点儿水回来洗手，外婆自然起身去了。刚去一会儿，母亲又对我说："儿子，这离卫生间有点儿远，去帮外婆端水。"于是我也去了。

把外婆接回来的时候，我们忽然看见母亲已经吃开了。母亲笑着说："嘴太馋了，干脆吃了。"我看母亲的饭盒，里面只剩两三个饺子了。外婆责骂她还是那样嘴馋，脸上却浮起笑容，因为母亲终于还是吃下东西了。

接下来的几餐，母亲依然病重，但食欲却变好了，总是把外婆包的饺子吃个精光。第二天晚上，我留下来陪母亲。母亲在一旁看书，而我坐在桌前写东西。此间，一个不小心，笔掉在了地上，滚进了母亲的病床底下，我

于是伸手去摸,没摸到笔,却摸到一袋东西。拖出来一看,我满脸惊讶,竟然是一大袋饺子。

我连忙问母亲是怎么回事,母亲叫我塞回去,红着脸说:“待会儿你拿去扔了,不要让外婆看见了。”

我问:“饺子你都没吃啊?”

母亲叹气说:“我一点儿食欲都没有,哪吃得下啊?不要让外婆知道了,她知道我没吃,会很担心的。”

“你没食欲,那你还让外婆包饺子干什么?”

“你外婆千里迢迢来照顾我,要是帮不上忙,眼睁睁地看我生病,她会很伤心的。知道不?”

我顿时被母亲的话震撼了,终于醒悟过来:原来母亲让外婆包饺子却又用心良苦地深藏起来,居然只是为了成全老人的一番爱意,减轻老人的担心而已。我提着一袋沉甸甸的饺子来到病房后院,扬手一挥,饺子隐没在黑色的夜里。秘密已经被我藏起来了,但是我知道有一种沉甸甸的深藏在心底的爱意,却永远挥之不去。

无论年龄增长了多少,母亲的心却永远不变,关心子女的一举一动,是母亲的天性。

智慧博客

无论是外婆对母亲的爱,还是母亲对外婆的爱,都是那么真挚感人。爱在一代代人之间传承,爱让一个个家庭变得温馨和谐,爱给予了人们生活下去的力量。珍藏一份爱,珍藏人间真情。

平分生命

一 叶

男孩的父母早逝,他与妹妹相依为命。他是她唯一的亲人。所以男孩爱妹妹胜过爱自己。

然而,灾难再一次降临在这两个人身上。

妹妹染上了重病,需要输血,但医院的血液太昂贵。尽管医院已免去手术的费用,但男孩仍然没有钱去支付其他费用。可是不输血又不行,不输血妹妹就会死去。

男孩作为妹妹唯一的亲人,血型与妹妹的相符。

因此,医生问男孩是否有勇气承受抽血时的疼痛。

男孩稍一犹豫,年仅 10 岁的他经过一番考虑,郑重而又严肃地点了点头,仿佛作出了一个极其重大的决定,脸上洋溢着勇敢与坚定的神情。

抽血时,男孩不发出一丝声响,只是冲邻床的妹妹微笑。

抽血后,男孩躺在床上一动不动,目不转睛地看着医生将血液注入妹妹体内。

手术结束了，男孩停止了微笑，用颤抖的声音问："医生，我还能活多长时间？"

医生正想笑男孩的无知，但转念间又被男孩的勇敢震撼了：这个 10 岁男孩，他认为输血会失去生命。但他仍然肯给妹妹输血，在那一瞬间，男孩下定了死亡的决心，他为所作出的决定，付出了一生的勇气。

医生的手心渗出了汗，他握紧了男孩的手说："放心吧，你不会死的。输血不会丢掉生命。"

男孩眼中放出了光彩："真的？那我还能活多少年？"医生微笑着，充满爱意，"你能活到 100 岁，小伙子，你很健康。"

男孩从床上跳到地上，高兴得手舞足蹈。

他在地上转了几圈后确认自己真的没事时，就又伸出刚才被抽血的胳膊，昂起头郑重其事地对医生说："那就把我的血抽一半给妹妹吧，我们两个每人活 50 年！"

所有的人都被震撼了，这不是孩子无心的诺言，而是人类最无私最纯真的情感。

同别人平分生命，即使亲如父子，恩爱如夫妻，又有几人能如此快乐，如此坦诚，如此心甘情愿地说到并做到呢？所有的人，是的，包括医生，包括护士，包括其他的病人，还包括在尘世间日益麻木并且冷漠的我们。

智慧博客

哥哥愿意给妹妹输血，甚至要用自己的生命去挽救妹妹，除了血浓于水的亲情，还因为他有着一颗纯洁善良的心。这份真挚动人的爱，在充满冷漠的人情世故中永远是最珍贵的！

孩子们，暂停唱歌

张小失

初秋，音乐老师带我们去校园旁边的一片小树林练习唱歌。

唱歌前，老师要求我们集中注意力，按照她的手势，各个组掌握好节拍，找到“感觉”，将“效果”体现出来。老师还许诺：如果我们班在明天的歌咏比赛上获得第一名，她就奖励每个同学两颗大白兔奶糖。这个诱惑实在太大了，同学们没有不激动的，个个摩拳擦掌。看着老师的笑脸，跟着她的拍子，卖力地唱。

连续练习了三遍，老师越来越满意，不住地夸奖我们。当她要大家休息片刻时，我们竟然纷纷要求继续练习。老师有些感动的样子，说：“好吧，这次我们正正规规地‘演习’，就按舞台上那样。”

起头，开唱。老师手一抬，我们的声音整齐地汇到一起，声音嘹亮，响遏行云——正唱到动情处，我们忽然发觉老师神色有异，手不动了，两眼望着我们身后的某个地方。大家注意力分散，歌声顿时弱了、乱了。有人窃窃私语：“老师在看什么呢？”大家都回过头……

原来，小树林那边出现了一位坐在牛背上的老奶奶。这位奶奶就住在校园

附近的村子里，我们偶尔能看见她辛劳的身影。但今天情况不对劲儿：她似乎在哭，腰弓得像虾米，头昏沉沉地垂在胸前。有同学悄声问："她怎么了？"没有人知道。

这时，老师轻轻叹了口气："唉……"手垂下来，两眼不再关注我们。有个同学急了："老师，怎么不练习了？"老师这才回过神，摆摆手："孩子们，暂停唱歌。"又有同学问："老师，那个奶奶怎么了？"老师压低声音："不要大声，这位奶奶的孙子前几天死了，怪可怜的。现在，我们不能唱歌，那样她会很难过的……"

当时，大家都很安静。按老师的要求，我们必须等老奶奶走远才能唱歌。但是，老奶奶一直坐在牛背上，而牛一直就在树林附近吃草。也不知过了多长时间，下课铃响了，我们再也没有机会练习合唱，老师草草收了场。

第二天的歌咏比赛，我们连第三名都没拿到。但是，等到再上音乐课，老师却意外地带来了大白兔奶糖，每个同学发两颗。老师是这么解释的："虽然比赛输了，但我仍然很高兴，你们的爱心得了第一名。"

智慧博客

爱很简单，不需要轰轰烈烈，也不需要缠绵悱恻。它有时就如一片浮过的白云，为人挡住那炽热的太阳，让你在理解与感动中体味着来自灵魂深处的舒适，进而汲取爱的力量，获得生命的动力。

盲道上的爱

张丽钧

上班的时候，看见同事夏老师正搬走一辆辆停放在学校门口人行道上的自行车。我走过去，和她一起搬。我说："车子放得这么乱，的确影响校容。"

她冲我笑了笑说："那是次要的，主要是侵占了盲道。"我不好意思地红着脸说："您瞧我多无知。"

夏老师说："其实，我也是从无知过来的。两年前，我女儿视力急剧下降，到医院一检查，医生说视网膜出了问题，告诉我说要有充分的心理准备。我没听懂，问有啥充分的心理准备。医生说，当然是失明了。我听了差点儿昏过去。我央求医生说，我女儿才二十多岁，没了眼睛怎么行？医生啊，求求你，把我的眼睛给我女儿吧！那一段时间，我真的是作好了把双眼捐给女儿的充分的心理准备。为了让自己适应失明以后的生活，我开始闭着眼睛拖地擦桌、洗衣做饭。每当给学生辅导完晚自习课，我就闭上眼睛沿着盲道往家走。那盲道，也就两块砖宽，砖上有八道杠。一开始，我走得磕磕绊绊的，脚说什么也踩不准那两块砖。在回家的路上，石头绊倒过我，车子碰伤过我，我多想睁开眼睛瞅瞅啊，可

一想到有一天我将生活在黑暗里，我就硬是不叫自己睁眼。到后来，我在盲道上走熟了，脚竟认得了那八道杠。我真高兴，自己终于可以做个百分之百的盲人了。也就在这个时候，我女儿的眼病居然奇迹般地好了。有天晚上，我们一家人在街上散步，我让女儿解下她的围巾蒙住我的眼睛，我要给她和她爸表演一回走盲道。结果，我一直顺利地走到了家门口。解开围巾，看见走在后面的女儿和她爸都哭成了泪人儿……你说，在这一条条盲道上，该发生过多少叫人流泪感动的故事啊！要是这条'人间最苦的盲道'连起码的畅通都不能保证，那不是咱明眼人的耻辱吗？"

带着夏老师讲述的故事，我开始深情地关注那条"人间最苦的盲道"，国内的、国外的、江南的、塞北的……我向每一条畅通的盲道问好，我弯腰捡起盲道上碍脚的石子。

有时候，我一个人走路，我就跟自己说："喂，闭上眼睛，你也试着走一回盲道吧。"尽管我的脚不认得那八道杠，但是，那硌脚的感觉瞬间真切地从足底传到了心间。我明白，有一种挂念深深地嵌入了我的生命。痛与爱交织着，压迫我的心房。

就让那条盲道顺畅地延伸着吧！

智慧博客

那条人间最苦的盲道，洒满了母亲对女儿深深的爱。是爱的力量让一个母亲鼓足勇气、坚定信心。或许正是这份爱随着盲道上的脚印，感动了上苍，还给了女儿一份最珍贵的光明。

理解的幸福

叶广岑

那是1956年,我7岁。

7岁的我感到家里发生了什么大事。

我从外面回来,母亲见到我,哭了。母亲说:“你父亲死了。”

我一下蒙了。我已记不清当时的自己是什么反应,没哭是肯定的。从那时我才知道,悲痛至极的人是哭不出来的。

父亲突发心脏病,倒在彭城陶瓷研究所——他的工作岗位上。

母亲那年47岁。

母亲是个没有主意的家庭妇女,她不识字,她最大的活动范围就是从娘家到婆家,从婆家到娘家。临此大事,她只知道哭。当时母亲身边有4个孩子,最大的15岁,最小的3岁。弱息孤儿唯指父亲,今生机已绝,待哺何来!

我怕母亲一时想不开而走绝路,就时刻跟着她,为此甚至夜里不敢熟睡,半夜母亲只要稍有动静,我便腾地一下坐起来。这些,我从没对母亲说起过,母亲至死也不知道,那些无数凄凉的不眠之夜,有多少是她的女儿暗中和她一起

度过的。人长大是突然间的事。经此变故，我稚嫩的肩开始分担家庭的忧愁。就在这一年，我带着一身重孝走进了北京方家胡同小学。这是一所老学校，在有名的国子监南边，著名文学家老舍先生曾经担任过校长。我进学校时，绝不知道什么老舍，我连当时的校长是谁也不知道，我只知道我的班主任马玉琴，是一个梳着短发的美丽女人。在课堂上，她常常给我们讲她的家，讲她的孩子大光、二光，这使她和我们的距离一下拉得很近。

在学校，我整天也不讲一句话，也不跟同学们玩，课间休息的时候就一个人或在教室里默默地坐着，或站在操场旁边望着天空发呆。同学们也不理我，开学两个月了，大家还叫不上我的名字。我最怕同学们谈论有关父亲的话题，只要谁一提到他爸爸如何如何，我的眼圈马上就会红。我的忧郁、孤独、敏感很快引起了马老师的注意。有一天课间操以后，她向我走来，我的不合群儿在这个班里可能是太明显了。

马老师靠在我的旁边低声问我："你在给谁戴孝？"

我说："父亲。"

马老师什么也没说，把我搂进她的怀里。

我的脸紧紧贴着我的老师，我感觉到了由她身上散发出来的温热和那好闻的气息。我想掉眼泪，但是我不想让别人看见我的泪，我就强忍着，喉咙像堵了一大块棉花，只是抽搭，哽咽。

老师什么也没问，老师很体谅我。

一年级期末，我被评上了三好学生。

为了生活，母亲不得不进了家街道小厂糊纸盒，每月可以挣 18 块钱，这就为我增添了一个任务，即每天下午放学后将三岁的妹妹从幼儿园接回家。有一天轮到我值日，扫完教室天已经很晚了，我匆匆赶到幼儿园，小班教室里已经没人了，我以为是母亲将她接走了，就心安理得地回家了。到家一看，门锁着，母亲加班,我才感觉到不妙,赶紧转身向幼儿园跑去。从我们家到幼儿园足有四站公共汽车的路程,直跑得我两眼发黑,进了幼儿园差点儿一头栽倒在地上。进了小班的门,我才看见坐在门背后的妹妹,她一个人一声不吭地坐在那儿等我,阿姨把她交给了看门的老头,自己下班了,那个老头又把这事忘了。看到孤单的小妹一个人害怕地缩在墙角,我为自己的粗心感到内疚,我说:"你为什么不使劲哭啊?"妹妹噙着眼泪说:"你会来接我的。"

那天我蹲下来,让妹妹趴到我的背上,我要背着她回家,我发誓不让她走一步路,以补偿我的过失。我背着她走过一条又一条胡同儿,妹妹几次要下来我都不许,这使她比我更加不安。她开始讨好我,在我的背上为我唱她那天新学的儿歌,我还记得那儿歌:

洋娃娃和小熊跳舞,
跳呀跳呀一二一。
小熊小熊点点头呀,
小洋娃娃笑嘻嘻。

路灯亮了,天上有寒星在闪烁,胡同儿里没有一个人,有葱花炝锅的香味儿飘出。我背着妹妹一步一步地走,我们的影子映在路上,一会儿变长,一会儿变短。两行清冷的泪顺着我的脸颊流下,淌进嘴里,那味道又苦又涩。

妹妹还在奶声奶气地唱:

洋娃娃和小熊跳舞,
跳呀跳呀一二一。

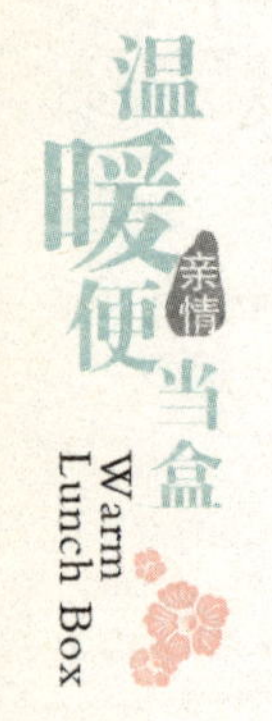

是第几遍重复了,不知道。

那是为我而唱的,送给我的歌。

这首歌或许现在还在为孩子们所传唱,但我已听不得它,那欢快的旋律让我有种强装欢笑的误解,一听见它,我的心就会缩紧,就会发颤。

以后,到我值日的日子,我都感到紧张和恐惧,生怕把妹妹一个人又留在那空旷的教室。每每还没到下课,我就把笤帚抢在手里,拢在脚底下,以便一下课就能及时开始清理工作。有好几次,老师刚说完“下课”,班长的“起立”还没有出口,我的笤帚就已经挥动起来了。

这天，值完日，马老师留下了我，问我为什么要这么匆忙。当时我急得直发抖，要哭了，只会说："晚了，晚了！"老师问什么晚了，我说："接我妹妹晚了。"马老师说："是这么回事啊，别着急，我用自行车把你载过去。"

那天，我是坐在马老师的车后座上去幼儿园的。

马老师免去了我放学后的值日，改为负责课间教室的地面清洁。

恩若救急，一芥千金。

我真想对老师从心底说一声"谢谢"！

是平平淡淡的生活，是太一般的小事，但于我却是一种心的感动，是一曲纯洁的生命乐章，是一片珍贵的温馨。忘不了，怎么能忘呢？

智慧博客

年少孤单无助的"我"一次又一次地从老师那里得到温暖，得到力量。老师的帮助是那样的无私，我们在老师营造的美丽世界中生活，是那样无忧无虑，美好惬意。

在爱的阳光下，不再流浪

张陶帅

我刚刚过完16岁生日，在颠沛流离的流浪岁月里我把自己弄丢了，儿时的名字遗失了，亲人的音容笑貌模糊了，只依稀记得故乡在南方一个叫重庆的地方。

我6岁那年，在河北省邯郸市一个破旧的小旅馆里，妈妈将我卖给了一个中年男人。被那个男人拉走时我惊恐地哭喊着："妈妈，救救我！"但她忙着数钱，头都没有抬一下。那一刻"母亲"两个字在我心里筑成的城堡彻底坍塌了。

养父是河北晋县的一个养鸡专业户，买我是为了传宗接代。我慢慢爱上了这个家，因为养父送我上了学。上学真快乐啊，有好多小朋友在一起学习玩耍。我拼命地学习，每次考试都是前三名，还在县里的作文比赛中获得过一等奖。然而，11岁那年养母生下了一个小弟弟，他们为了逃避计划生育的罚款，把我扫地出门，让刚出生的孩子顶替了我的户口。

我知道这个家再也不会收留我了，天下之大，哪里是我栖身的地方？我漫无目的地走了一天，傍晚才跟着一群民工登上了去石家庄的车。

一个 11 岁的孩子想要填饱肚子非常艰难，连在街上乞讨也要分地盘，为此自己也记不得到底挨了多少次打。一次次的伤害，使我变得冷酷起来。我参加了一个盗窃团伙，跟着他们抢劫、盗窃。我的破棉袄兜儿里总揣着一块石头，有时为了一个烂苹果也会与人拼命，因此很受老大的器重。我的脸上伤痕累累，于是得了“刀疤”的绰号。

2001 年冬天，我正在垃圾箱里捡废品，遇到了一个与父母走散的小姑娘。听着小女孩绝望的哭声，我一下子想到了自己的悲惨遭遇。我是贼，一直很害怕警察，但还是硬着头皮带她来到派出所。在警察的帮助下，小女孩找到了父母。女孩的母亲得知我是个流浪儿后非常同情我，把我送到了专门收留流浪儿的石家庄市少保中心读书。这位好心的阿姨姓张，我给自己取了第一个属于自己的名字——张陶帅。

接待我的周楠老师，人很温和，声音非常好听，上课前她特意表扬了我。“张陶帅同学是因为帮助与父母失散的女孩才来到我们中心的，我相信他一定会很快适应这里的生活，成为我们班的模范同学。”

我想做个好孩子，但这些年已经野惯了，总是控制不了自己。

进中心时我的刀子被没收了,我就把新发的牙刷磨尖充当匕首,逼着同学给我叠被子,还必须定期给我进贡好吃的东西。

为了监督并帮助我改掉坏毛病,周老师干脆住在中心,我知道她是为我好,但还是感觉特别烦。我开始怀念无拘无束的流浪生活,决定设法逃出去。我找到新到少保中心的三个流浪儿,动员他们跟我一起出逃:“我在这儿半年了,一点儿也不自由。出去以后跟着我,保证让你们吃香的喝辣的。”当天晚上熄灯以后,我们悄悄翻墙头逃了出去,没想到一落地就踩在一块尖石头上,我的脚崴了,疼得我满地打滚。周老师找到我时流泪了,她说:“孩子,你什么时候才能懂事啊?!”

看到老师为我哭泣,我心里很震惊,低着头说:“周老师,你别为我费心了。我就是一个坏孩子,改不好了。”“别胡说,老师还没有放弃,你怎么能自暴自弃呢?”

周老师把我送到了医院,24小时守在我身边,经常从家里带好吃的给我改善生活。卸去石膏后,医生说热敷和按摩有助于康复,周老师就打来热水给我泡脚,然后轻轻地按摩受伤的部位。要知道我长这么大,除了挨打挨骂没有得到过一点儿温暖,连妈妈也没有给我洗过脚啊。看着周老

师,我大哭起来。那一刻我不知道该怎样表达心中的感激,只是一遍遍喊着“妈妈,妈妈,妈妈……”

我一直在写日记,想把那些悲惨的经历记下来,作为长大之后惩罚那些虐待过我的大人的依据。在扉页上我用粗笔写着:“唯有将那些把我推向苦难的人杀死,才能抚平我受伤的心灵。”

一天作文课上,我把日记本交给了周老师,请她阅读我尘封多年的心。周老师读完之后把我拥在怀中:“孩子,你写得太好了,老师一直在为你的悲惨遭遇流泪。但你知道吗?一只背负着沉重包袱的小鸟是无法展翅高飞的,你也一样。让老师帮你改掉扉页上的话好吗?”周老师认真地写下:“忘却仇恨,才能真正获得新生。期待你卸下包袱,成为一只高飞的雄鹰。”

我知道,自己现在就在朝着雄鹰的目标前进。

智慧博客

人性本善,那些犯过错误的孩子的心里也埋藏着善良的种子,只要给予爱的雨露,种子便会生根发芽,长成参天大树。

老师无法拒绝美

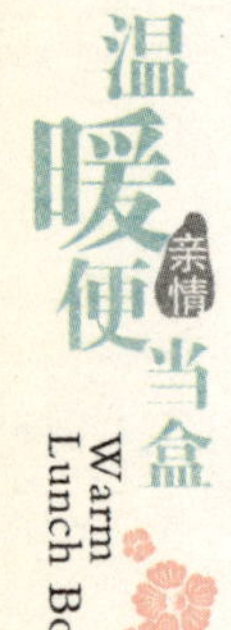

李树彬

熊老师是我的中学语文教师。由于他手脚特大，又爱戴副大黑框眼镜，常使人想起憨厚的狗熊，于是背地里同学们都叫他“熊哥”。

那时，同学们都喜欢恶作剧。上课时，常悄悄往老师背上甩墨水，同学们称之为“梅花铭”。有一次“熊哥”穿了件雪白的衬衫来上课，我暗自心喜，心想表现自己天才技艺的机会来了。整节课，我都在找机会，终于在他讲得得意之际，我把钢笔轻轻一晃。一排清晰的墨色梅花便在他雪白的衬衫上傲然开放。不知是同桌暗示，还是他背上长有眼睛，快下课的时候，他终于发现了梅花。我心里一乐，想：这下可好了，看戏的机会又到了。

我假装若无其事地注视着他，想看他如何大发雷霆，如何苦口婆心地

教训我们。谁知他却脱下了衬衫,只穿件背心,指着“梅花”,笑着说:“同学们,看来我和你们的感情还没有你们班主任和你们的感情深。你们甩在我身上的墨水还没有你们班主任身上的多。看来,我还要努力……”“哄……”他的话还没说完,同学们就大笑起来。从那以后,再没有人从事“梅花铭”的工作了。

还有一次写作文,为了交差,我便抄了一篇交上去了。没想到下次作文课,我的作文居然成为当众宣读的范文。我既受宠若惊又忐忑不安，心想要出事了。果然没读几句，我的反对派便站起来指责道:“老师，李树彬的作文是抄的。”我的脸一下子便红到了脖子根儿。“熊哥”看了看窘迫中的我,又看了看趾高气扬的“告密者”,顿了顿道:“孩子们,这篇文章太美了,老师无法拒绝美,所以让我们一起用心欣赏。在此之前,我们要感谢李树彬同学,谢谢他给我们推荐了一篇这么美的文章。我也相信总有一天,李树彬同学也会写出同样美的文章来。我想他不会令我失望的。”说完,静悄悄的教室,又回荡起熊老师特有的那种抑扬顿挫的朗读声。

我脸上的烧退了。“老师无法拒绝美”这句话一直在我脑海中萦绕。坐在座位上,我深受感动,觉得非要把书读好不可,否则对不起熊老师的宽容和赏识,同时也使我见识到作为一名教师的人格美和平凡中的伟大。

去年 9 月,我特地去拜访赋闲在家的熊老师。一见面,他便笑着说:“当年的捣蛋鬼果然没令我失望,如今都快成作家了。”

智慧博客

真正的美源于灵魂深处的真诚,那是一种伟大的道德感召力。身为人师,宽广的心胸是为师的基础,以德育人是为师之道,二者相辅相成,只有这样,才能教育出优秀的学生。

一杯暖暖的冰红茶

寥孟秋

在我家旁边新开了一家海鲜自助餐厅,朋友邀请我和妻子一起去品尝。

这家餐厅地点适中,停车位宽敞,装潢气派,菜的味道也相当不错,大家都深深感到来对了地方。

没有多久,我的手机响了。原来,我担任顾问的一家公司的董事长有急事找我,因他也在餐厅附近,就请他前来分享。

不久他来了,他一坐下,服务员立刻走了过来,拿起账单说:“现在是五位,多了一位。”新来的朋友立刻说:“不必了,我已用过餐,跟寥教授聊一会儿就走。”

小姐听了,立刻收起笑脸,告诉他:“那你不能吃,只要吃一点点,我们马上算你一份。”然后扭头就走。

我这位朋友非常尴尬,倒是做东的朋友赶紧打圆场说:“吃吧,吃吧,算在我的账上。”

服务员的言语举止,严重破坏了原来美好的气氛,没坐多一会儿,我们就离开了。事隔数月，我再没有去过这家餐厅，也没有再次光临的打算。

两个月前，我有事赴美，在俄亥俄州的哥伦布市稍作停留，在那里留学的儿子带我与妻子到一家自助餐厅用餐。

坐定不久，儿子的同学从窗外走过，看见我们，就走进来打个招呼。他告诉服务员已用过餐，服务员微微一笑，片刻后就送来一杯冰红茶给他，这让我们很感动，霎时觉得这间不大的餐厅里充满了浓浓的温情。我相信这位同学一定会成为这家餐厅最忠实的顾客。

回国许久，我还在不断地品味那一小杯冰红茶飘来的温情。其实，我们不经意间的一个小小善举，往往会让他人感动不已，甚至铭记终生。

智慧博客

在相同的情况下，不同的处理方法就会产生不同的结果。其实，在我们成长的道路上类似的经历比比皆是。因此，在遇到问题时，我们应该周密思考，选择最佳的处理方法，继而赢得人们的肯定，并以此增强我们的信心，提升我们的勇气，铸就我们辉煌的人生。

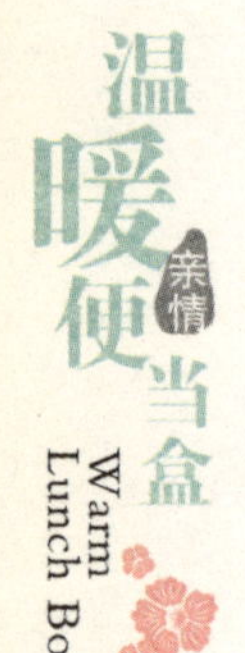

三斤珍贵的水

李　芳

这是一个真实的故事。故事发生在西部的青海省一个极度缺水的沙漠地区。这里，每人每天的用水量严格地限定为三斤，这还得靠驻军从很远的地方运来。日常的饮用、洗漱、洗菜、洗衣，包括喂牲口，全都依赖这三斤珍贵的水。

人缺水不行，牲畜也一样，渴啊。终于有一天，一头一直被人们认为憨厚、忠实的老牛渴极了，挣脱了缰绳，强行闯入沙漠里唯一的也是运水车必经的公路。终于，运水的军车来了，老牛以不可思议的识别力，迅速地冲上公路，军车一个紧急刹车戛然而止。老牛沉默地立在车前，任凭驾驶员呵斥驱赶，也不肯挪动半步。5 分钟过去了，双方依然僵持着。运水的战士以前也碰到过牲口拦路索水的情形，但它们都不像这头牛这般倔犟。人和牛就这样耗着，最后造成了堵车，后面的司机开始骂骂咧咧，性急的甚至试图点火驱赶，可老牛不为所动。

后来，牛的主人寻来了，恼羞成怒的主人扬起鞭狠狠地抽打在瘦骨嶙峋的牛背上，牛被打得皮开肉绽、哞哞地叫唤，但还是不肯让开。鲜血沁了出来，染红了鞭子，老牛的凄厉哞叫，和着沙漠中阴冷的风，显得分外的悲壮。一旁的运水战士哭了，骂骂咧咧的司机也哭了，最后，运水的战士说："就让我违反一次规定吧，我愿意接受一次处分。"他从水车上取出半盆水——正好三斤左右，放在牛面前。出人意料的是，老牛没有喝以死抗争来的水，而是对着夕阳，仰天长哞，似乎在呼唤什么。从不远的沙堆背后跑来一头小牛，受伤的老牛慈爱地看着小牛贪婪地喝完水，伸出舌头舔舔小牛的眼睛，小牛也舔舔老牛的眼睛，人们看到了它们眼中的泪水。没等主人吆喝，在一片寂静无语中，它们掉转头，慢慢往回走……

智慧博客

读了这个故事，我们为老牛的舐犊情深感动，仿佛也感受到老牛那充满温情的目光。母爱没有界限，所有的母亲都是一样的，为了孩子无怨无悔地付出着心中的爱。

亲情的速度和长度

赵俊辉

这是一则曾炒得沸沸扬扬的新闻。说的是一位母亲，当她从菜市场买完菜回家时，在自家楼房的马路对面，瞥见三岁的儿子正爬到没有栏杆的阳台上。恰巧，在她盯着儿子发呆时，儿子也惊喜地发现了她。她朝儿子摆了摆手，示意儿子赶紧爬下阳台。儿子毕竟才三岁，哪懂得她的心思啊，他只认为妈妈要抱他，便摆出了一个拥抱的姿势向她扑来。

人们都惊呆了。谁也没有想到，有一道黑色的旋风，从他们眼前呼啸而过，穿过马路，向孩子坠落的地方奔去。黑色的旋风，正是她。此时，她正跌坐在地上，而她三岁的儿子正在她怀里哇哇大哭。儿子安然无恙，她却脸色苍白。

人们又一次惊呆了。要知道，在极短的时间内从马路那边跑到马路这边并稳稳地接住儿子是根本不可能的，可奇迹就发生在眼皮底下，容不得人们怀疑。

第二天，日报的头版用一行醒目的文字告诉了人们答案：亲情的速度无法衡量。

这是一个令人惋惜的故事。讲的是一位探险家，他决心用自己厚实的脚板去丈量苍茫的大漠戈壁，去体验郁郁葱葱的原始森林，去攀登无限雄奇的崇山峻岭。告别了自己的妻儿，他出发了。凭着坚强的意志和执著的精神，他就要走完计划的路线了。突然，他想给家里挂个电话，报个平安。接电话的是妻子。妻子在电话中哭着说分别时他送的玫瑰早就枯萎了，他若再不回来，恐怕花瓶里就要插进别人送的鲜花了。而他的儿子也在一旁哭着叫爸爸，儿子还说："爸爸你什么时候回来啊？你说我考了100分就带我去公园玩的，我现在都拿了6个100了，可你还不回来。"

探险家放下电话，已是泪流满面。

就这样，他放弃了。

在他舒适的家中，他拥着娇小的妻子和乖巧的儿子，眼角流着滚烫的泪水。这泪水是苦涩的，但更多的是甜蜜和温馨。

人们为这个即将到达成功彼岸的探险家感到惋惜和不值，可人们却无从知道，在探险日记的最后一页写着这样一句令人震撼的话：

山再高路再远，双脚总能丈量；而亲情，可能很近，却永远无法丈量。

智慧博客

没有人能说清亲情到底是什么，也没有人能查明亲情所蕴涵的力量究竟有多大。其实这些对亲情来说都没有必要，因为在亲情面前，没有什么是不可能的，因为亲情是永恒的。

豆苗的老师

童树梅

炎热的夏天，大山深处有一个叫鹿茸村的村子，这天来了一个人，说是招井下挖煤工的。大伙儿听了对那人说："你别招了，肯定招不到人的，你钱再多、咱再穷，可谁愿拿自己的小命换钱啊？"

那人垂头丧气地正要回去，却听到有人说："我愿意去！"

大伙儿一看说话的人，都愣住了，要去的不是别人，竟是村子里唯一的教师陈平凡。鹿茸村将近二十个学龄儿童全是陈平凡的学生，他一个人从一年级一直教到六年级。当下有人着急地说："陈老师，您不要命了？那小煤矿也是去得的？您不想回来教孩子们了？"那人忽又想到什么，连连拍打自己的嘴说："呸、呸，乌鸦嘴，陈老师您莫见怪。"

陈平凡点点头，只说了一句："我是一定要去的。"

当晚村子里便议论开了，说陈平凡肯定是想钱想老婆想疯了，快四十的人了还是光棍一个，他这是想趁暑假挣大钱娶老婆。陈平凡却像没听到似的，抱着一大摞书本和铅笔，挨家挨户分送给他的学生们，一边送一边摸摸他们的头说:“好好学习,咱村子翻身就靠你们这些娃儿将来有出息呢。”当来到六年级的豆苗家时,陈老师把一本大红封面的漂亮的笔记本送给她,说:“豆苗,夏天一过就上初中了,到时候老师会来送你的。你是村子里最有把握考上大学的孩子,老师希望你将来考师范大学,回来好接老师的班,好吗?”豆苗只顾兴奋地摩挲着笔记本外面的塑料皮,她一点儿也不舍得拆开,头一个劲儿地点,可心里想:我将来才不要回到穷大山里做教师呢,咱这学校都破得不像样了,我要到大城市里生活。

时间过得很快,天气一点点地凉爽了,一晃暑假就要过去了,孩子们开始天天站在村口盼起陈老师来,以前跟老师在一起的时候光惹老师生气,现在几十天不见却又平白无故地想起老师来。豆苗更是一天跑三次村口, 眼都望酸了,因为老师答应过要送她去山外读初中的,可一直没有看到老师那弯腰弓背的瘦削身影。

这天老师终于回来了,却是躺在一个小小的盒子里被两位政府人员送回来的,原来那小煤矿发生了透水事故。

大伙儿愣了片刻后,忽然有人狠狠地抽起自己的嘴巴来,血都抽出来了,一边抽一边大喊:“打烂你这张乌鸦嘴。陈

老师，陈老师，你真的走了吗？你走了孩子们怎么办啊？”

孩子们早已“哇”地大哭起来，豆苗抱着笔记本哭得快要背过气了，说：“老师，老师，你骗人，你说过送我上初中的。”

两个政府人员红着眼眶说：“陈平凡的亲属呢？请领一下抚恤金。”

大伙儿擦擦眼泪没有主张了，陈老师没有亲人啊。这时蹲在一旁的豆苗抽抽搭搭地小心揭开那本鲜红笔记本的塑料封皮，她要把今天这难忘的一幕写成日记，题目都想好了：豆苗的老师！

她忽然大叫起来：“老师写了一张小纸条夹在笔记本里。”

大伙儿一听呼啦一声聚拢过来看，只见纸条上用有力的笔迹写着：“如果我回不来了，就用我的抚恤金翻盖一下我们的学校，我真怕咱学校会倒下来砸着我的学生们。豆苗，这下你不会嫌弃咱学校破烂了吧？”

所有人“哇”的一声全哭开了，豆苗更是一字一顿地说：“老师，老师，等我长大后一定回来接你的班！”

智慧博客

教师全身心地把爱给予自己深爱的学生，不计功利、不求回报，甚至不惜付出生命的代价，谱写出了一曲悲壮的赞歌。人与人的真情还有什么能比师恩更朴实诚挚的呢？

师恩浩荡

苗　壮

每年的教师节,我都要给远隔千里的张老师寄一张我亲手绘制的贺卡,每次贺卡上都少不了四个字——师恩浩荡。多少年来,这四个字不仅使我时时回忆起张老师对我的教诲,更重要的是,这四个字还时时提醒我要努力去做一个好老师。

那是 15 年前的事情了,当时我的父母为了让我接受到当地最好的教育,把我从村小学转到了镇上的一所中心小学。不知怎么的,自从转到镇上上学后,我的学习成绩直线下降,这可急坏了我的父母。

更为恼人的是,有时有些同学故意模仿我口吃的样子来取笑我,使得原先就有些轻微口吃的我竟然成了一个十足的口吃。当我在课堂上回答老师的提问时,全班同学便哄堂大笑。但是农村孩子特有的倔犟脾气和争强好胜的性格驱使我不肯轻易认输。他们越是在课堂上取笑我,我就越要踊跃发言,我要证明自己不比他们差。其实,有时老师提的问题我根本就不会,但我还是冒着很大的风险踊跃举手,以此表现自己,证明自己,超越自己。就这样,我以自己特

有的方式在心里和他们暗暗较量着。

不久,这事情露馅儿了。由于我太心急,老师刚提完问题,我就迫不及待地举起了手,老师见我举着手就让我站起来回答,结果我一句话也说不出来……他们更加取笑我了,很快我就败下阵来。别说不会的问题了,就连会回答的问题,只要老师一叫到我的名字,我就紧张得什么都忘记了。我的学习成绩从此一落千丈,口吃也变得更加严重起来,我开始哭、闹,央求父母把我带回村里的小学。

好在这时,班主任张老师发现了我的这种反常现象。一天,她把我单独叫到她的办公室,告诉我,她已经注意我好长一段时间了。她关切地问我:“你在课堂上回答老师的提问时,是不是对老师提出的问题没有想好就举手了?”我沉默着。“你是不是因为口吃,站起来回答问题时感到很慌张?”我还是沉默着。“你是认为不举手怕老师说你不认真听讲,还是怕其他的同学取笑你?”我继续沉默着。但我开始觉得她懂我的心事了。张老师又说道:“苗壮,不要害怕,老师找你来是跟你谈心的,绝不是为了批评你。请你跟老师说实话,让咱们一起来渡过目前的难关。请你告诉老师,当站起来回答不出老师的问题时,你心里是怎么想的呢?”“很难过。其实有时候我是知道答案的,可站起来一紧张又忘了。”张老师笑嘻嘻地望着我,她人本来就长得漂亮,那可是天下最美丽的一张脸啊,但是我最不能忘却的却是当时那句令我终生难忘的话:“苗壮,咱们约定一下好吗?当你对老师提的问题有把握时,你就举左手,老师就会请你第一个发言,让老师和同学们一起来分享你的成功;如果你没想好问题而又想举手,你就举右手,老师就会请别的同学发言,你也可以分享一下别人的成功,你看这样可以吗?”我什么也没说,只是轻轻地对张老师点了点头。走出她的办公室后,我的泪水夺眶而出……

有了这份约定,有了这份默契,有了这份鼓励,在以后的日子里,我和张老

师彼此保守着这个秘密，两个人“合作”得很好。到第二个学期结束的时候，我的学习成绩竟然跃居全班第一，口吃也不治而愈了。现在想来，我是多么幸运啊：在我跌入低谷时，在我自暴自弃时，万分幸运地遇到了张老师。可以这样说，正是那次谈话，正是那个小小的约定，把我从悬崖边上拉了回来……

一晃十五六年过去了，张老师也老了，但是在我的心目中，她依然是那样的美丽。如今，她当年的学生——我，也已经当了8年的老师了。8年来，“师恩浩荡”这4个字始终引导着我，激励着我，鞭策着我，告诉我一定要努力去做一个像张老师那样的好老师。

师恩浩荡！

智慧博客

小小的合作，使一颗无助的心得到了莫大的鼓舞，这就是浩荡的师恩——即使平凡的话语也可能激励人的一生，即使些许的付出也将成为爱的海洋。聆听那谆谆教诲，感受老师的爱。

夏天，我重新发现

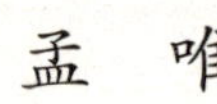

孟　唯

第一次参加高考时，我知道自己考不上大学，很早就知道了。

小时候爸爸妈妈三天一大吵，隔天一小吵，吵完之后没人管我，那时我就彻底放弃学习了。

我不上课，每天和一些小混混泡在一起，在街头巷尾游荡，对着漂亮女孩吹口哨，在游戏机室通宵打电玩，甚至勒索低年级的学生。

有一天，爸爸把我从游戏机室揪出来当众暴打了一顿。爸爸一路揪着我的耳朵，把我拽回家，一进家门便和妈妈开始对我进行“男女混合双打”，打完之后便让我拖着行李搬家了。

后来我才知道，一个被我勒索过几十元钱的10岁小学生的家长找到了我家，扬言如果家里不好好管教我，就要把我废了。

转学到新学校后不久，就要中考了。我想上中专，上了中专以后我就不用学习了。当我把这个想法告诉爸爸妈妈的时候，他们俩又以一顿暴打对我进行了深刻教育：务必上高中，以后务必上大学。

就这样我被爸爸妈妈逼着上了高中。当年我正处在青春叛逆期,也许是为了报复父母对我的暴力和冷漠,也许是永远无法忘怀他们带给我的伤害,所以我学习一直不努力。我也不知道自己是不是故意气他们,你们不是想让我上大学吗?你们让我失望了这么多年,你们这么多年从来没有给过我一个幸福平和的家,我又凭什么要成全你们的梦想?

高中那三年我也是这样混着,高考结束后一切噩梦就结束了,我将考不上大学,然后被父母扫地出门,远走高飞的感觉是多么美好啊!

高考结束了,我只等着分数出来后,父母将我暴打一顿后赶出家门。

可是令我万万没想到的是,当妈妈看到我两百多分的分数条时,痛哭失声。她一边哭一边说:你真的只考了这么点儿分,你怎么办啊?你以后的日子怎么办?

我以为她看到分数条的那一刻会扑上来打我,可是那天她没有,她只是一遍一遍地看着分数条哭,问我爸爸“怎么办”。爸爸也没有打我,他坐在妈妈对面一声一声地叹气。

这个夏天成了我记忆里印象最深的一个夏天。无数个傍晚,我坐在那栋租来的破旧的五楼的阳台上,看着天边残阳如血,大片大片的红云席卷而来。爸爸妈妈的身影在夕阳的照射下拉得很长很长, 他们俩搀扶着一步一步蹒跚走来。当我看到他们回家时疲惫的身影,就知道他们又奔波了一整天。他们四处求人,找关系,请客送礼,到处打听各个学校的招生情况,希望以自己最大的能力帮不争气的儿子尽量争取上一所大学。

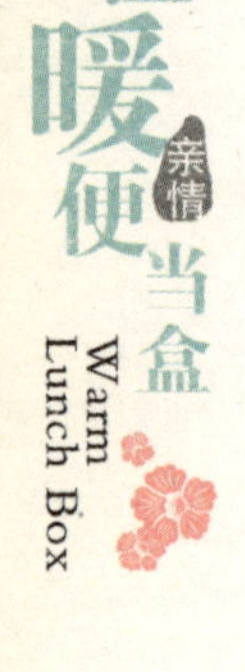

我知道家里没钱,也没社会关系,因此我可以想象到那个夏天父母在炎炎烈日下曾遭受过多少羞辱和冷遇。当我看到爸爸妈妈相互搀扶着的身影蹒跚走进家门时,第一次知道什么叫内疚。

他们不欠我的,而我欠他们太多。我以为高考结束的这个夏天,自己会被扫地出门, 但是这个夏天, 我却第一次为自己的无知和冷漠付出了惨痛的代价。我配不上父母这样深沉的爱。

夏天没过完,我便复读去了。这个夏天我收获了爱,收获了理想和尊严。

智慧博客

父母怎能不爱孩子呢?他们打骂孩子,是为了让他们上进,让他们变好,那是爱孩子的表现。如果孩子能早明白这一点,如果父母能温和一点儿,那么,他们就会拥有更多的快乐。

美丽的回报

肖　雨

第三单元目标测试的试卷改完了。

下课铃刚刚响过，办公室的窗口骤然蹿进一个个伸长脖子的“小蝌蚪”，一张张小脸上写满了既焦急又欢喜的神情，然后捏着嗓子问：“肖老师，我得多少分？”

我扭过头一看，趴在窗口的学生中，竟然有“与众不同”的男生陆海。

第二节课上课的铃声响起了。

教室里的孩子们几乎个个坐姿标准，屏气敛声，眼睛一眨不眨地盯着我，比上星期校长来听课的时候还乖。

我习惯地把教室扫视了一圈后，笑了笑，说：“这次单元测试，你们知道考得最好的是谁吗？我很高兴地告诉大家，是我们的陆海同学，他考了 60 分啊！”

60 分对别的孩子来说可能是一件耻辱的事，但对“臭名远扬”、“不可救药”的陆海来说，不亚于石破天惊的大事。随即，所有的目光都半信半疑地集中在他的身上。

“陆海同学，现在请你站起来，接受肖老师和同学们的掌声。”我实心实意地说，双手真诚地拍出了两下响亮的掌声，像是一声号令，后面紧跟着热烈的掌声。

起初，陆海可能不敢相信眼前的事，很“油条”地站起来，待他“听懂”我的话后，毕竟是一个十几岁的孩子，他再也压抑不住内心的喜悦，立刻像天安门广场的国旗手一样笔直地立正在那儿，脸上露出喜悦的神情。

试卷全部发下去了。一件意想不到的事发生了。

“肖老师，陆海他没有考到 60 分，你多算分数给他了。”陆海的同桌把手举得高高的，大声地向我报告。

我拿试卷上来认真核算，事实真是让我沮丧，我确实多给他 5 分。

放眼望去，全班同学虽然是悄无声息的样子，但我能捕捉到一丝狡黠的笑意。陆海的脸色出奇的平静，又是那种我再熟悉不过的“死猪不怕开水烫”、“视死如归”的模样。他正摇头晃脑津津有味地研究天花板的秘密呢。

怎么办？各种念头在我的脑子里闪电般飞过。最后，我平静又有些激动地说：“肖老师确实是粗心大意，多算给陆海同学 5 分。但是，今天我不想收回这 5 分，我愿意借给陆海同学 5 分，因为我敢相信，陆海同学有一天会把这 5 分加倍偿还给肖老师的！”

之后不久，陆海的父母调到别的城市工作，陆海也跟着去了。

多年后的一天，我收到一封从北京一所重点大学寄来的字迹陌生的信。信封内装有一张精美的明信片和一页短柬。短柬上面工工整整地写着：

敬爱的肖老师：

谢谢您曾经借给我弥足珍贵的5分，也许，您早已把那微不足道的5分忘记了，但它对我来说却是刻骨铭心、终生难忘的。如果没有您借给我的5分，我可能还是昨天的我，不会是今天的我，可以这么说：是您连同您那金子般的5分硬把我推入一片灿烂的阳光地带。您曾经说过，我会加倍偿还给您那5分，今天我可以说，我做到了。可我更知道：这么珍贵的5分，我今生今世又怎能偿还清啊！

您的学生：陆海

那件事距今已有好些年头了，当时，我不过是一个刚从民族师范学校毕业的黄毛丫头，今天往事重提，是因为这怡人的卡片和短柬，对我来说加减易如反掌却恰恰能改变一个孩子一生的5分，是我始料不及的。因为这5分，再次让我体验到做教师的无比快乐，也更加让我相信：只要珍爱每一个学生，总会收到意外的美丽的回报。

智慧博客

丰硕的桃李是老师收获的最美的回报，也是最伟大的成就。具备崇高品德的教师会给学生最真挚的关怀，让他们找到正确的人生方向。珍爱他人，就会发生心灵的碰撞，给别人最诚挚的尊重，就能收获他人赠予的珍宝。

宽厚的师爱

王佳佳

上午，语文课上，王老师抱着9月份月考的卷子走上讲台，说：“第二卷主观题满分70分，全班60分以上的同学只有12个。”我忐忑不安地等待着“生死未卜”的试卷。终于，卷子传过来了。经手的同学都用特别的目光看着我。我想，不至于考得这么差吧？完了，没脸见人了。这儿有没有地洞啊？拿过来一看66分，只减了4分。我不是在做梦吧？又仔细看了看，还是66分，太好了！看到这个成绩，心里的不安、紧张顿时烟消云散。原来刚才同学们投来的是羡慕的目光。我松了一口气，心情像欢快的小鸟，飘飘然飞上了蓝天。

这时，王老师捻起一根粉笔，大刀阔斧地在黑板上写下了第一卷客观题的答案。我拿出一直带在身边的第一卷，满怀信心地开始对答案。1个，2个……5个？什么？20道选择题只对了5个！搞什么呀？不可能！再对一遍还是15分。小鸟重重地摔倒在地上。我好像从温室一步跌进了冰窖。倒霉的一卷，把第二卷的胜利彻底毁灭了。

下课了，王老师走到我旁边，问：“王佳佳，你的第二卷成绩非常高，可见你的能力很强。第一卷考基础知识，怎么成绩单上分数不高？没有涂错机读卡吧？”看着王老师那赞赏又疑惑的目光，我又怎能告诉王老师，一个“能力很强”的学生基础知识薄弱呢？于是，我撒谎说：“答得还行，可能是机读卡出了问题。”我躲闪着王老师的目光，不敢实话实说，也怕老师失望。

下午，王老师急匆匆跑来找我，说：“王佳佳，我去微机室找过你的答题卡了。一个中午也没找着，卡太多，顺序又乱。”王老师脸上满是焦急和歉意。他多想重新给我一个“公正”的高分啊！他那疲惫的双眼，带着血丝。手指上沾染的铅笔的痕迹还没有洗去。原来王老师这么重视我。我是多么后悔上午编造那虚荣的谎言。我怯生生地说：“卡没涂错，就是15分。老师，对不起，我……我怕您生气。”王老师不再说话，目光很复杂。这复杂很快就变成了单一：恨铁不成钢。

他说他不生气，只对我的成绩表示遗憾。王老师让我拿出第一卷，一道一

道地给我讲解。他先给我讲了一道古文语法题，考的是宾语前置。他讲得绘声绘色，讲到关键的地方打手势帮助我理解。宾语似乎是被王老师“拿”过去从而“前置”的。王老师说：“做所有的古文语法题，都要先翻译句子，把译文作为参照物，用原文与译文比较，答案就会浮出水面了。”

听了王老师的话，我深深地低下头，暗下决心要学好语文，学好我们民族的语言。

润物无声，老师的爱像一阵细雨洒在我的心田。不仅是我，班里60位同学谁不是沐浴在这平凡、朴实又深厚的师爱之中。

今天的日历即将翻过，今天的故事却永远留在我心里。室友都睡了，我望着窗外，总想哭。柔柔的月光洒满校园，温柔地抚摸着校园里的一花一草。

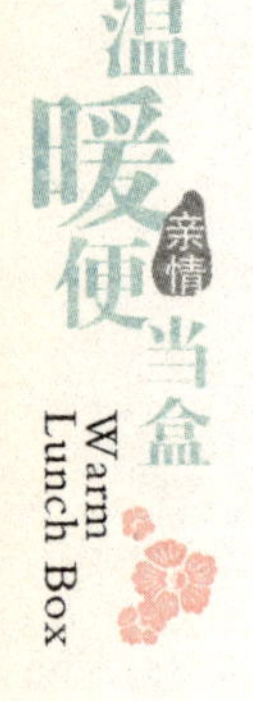

智慧博客

春雨润物无声，在无微不至的关怀中，我们会感受到平凡而深厚的教师的爱，正是那宽广的胸襟、无私的爱以及无言的奉献，给了我们最大的温暖，也给了我们一生无法忘怀的师生情。

爱的力学

李雪峰

他是一个研究力学的专家,在学术界成绩斐然。他曾经再三提醒自己的学生们:“在力学里,物体是没有大小之分的,主要看它飞行的距离和速度。10个玻璃弹子,如果从10万米的高空自由落体掉下来,也足以把一块一米厚的钢板砸穿一个小孔。如果是一只乌鸦和一架正高速飞行的飞机相撞,那么肉体的乌鸦一定会把钢铁制造的飞机瞬间撞出一个洞来。”

他说:“这种事在前苏联已经屡次发生过,所以我提醒大家注意,千万别幻想能把高空掉落的东西稳稳接住,即使是一粒微不足道的石子。”

那一天,他正在实验室里作力学试验。忽然门被“砰”的一声撞开了,他的妻子惊恐万分地告诉他,他们那有些先天痴呆的女儿爬上了一座四层楼的楼顶,正站在楼顶边练习飞翔。他的心一下子就悬到了嗓子眼儿,一把推开椅子,连鞋都没有来得及穿就跑了出去。他赶到那座楼楼下的时候,他的许多学生都已经惊慌失措地站在那里了。他的女儿穿着一条天蓝色的小裙子,正站在高高的楼顶边上,两只小胳膊一伸一伸的,模仿着小鸟飞行的动作想要飞起来。看

见爸爸、妈妈跑来了，小女儿欢快地叫了一声就从楼顶起跳了，许多人吓得“啊”的一声连忙捂住了自己的眼睛，他的很多学生紧紧地抱住了他的胳膊。看到女儿像中弹的小鸟般垂直下落，平时手无缚鸡之力的他突然推开紧拉着他的学生们，一个箭步朝那团坠落的蓝色云朵迎了上去。

“危险——”

“啊——”

随着一声尖叫，那团蓝云已重重地砸在他伸出的胳膊上，他感到自己突然像被一个巨锤狠狠砸下，腿像树枝一样“咔嚓”一声折断了，眼前一黑就什么也不知道了。

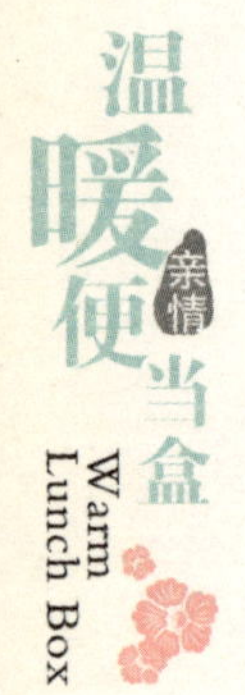

他醒来的时候已经在医院躺了两天了。他的脑子还算好，很快就清醒了，可是下肢打着石膏，缠着绷带，阵阵钻心的疼痛让他忍不住倒吸冷气。他那些焦急万分的学生对他说：“您总算醒过来了。您站在高楼下面接孩子真是太危险了，万一……”

他笑笑，看看床边自己那安然无恙的小女儿和泪水涟涟的妻子说：“我知道危险，搞了半辈子力学，我怎么能不懂这个呢？只是在爱里面，只有爱，没有力学。”

爱没有力学。

在爱里，除了一种比钻石更硬的爱的力之外，再没有其他力学，爱是灵魂里唯一的一种力。

智慧博客

在爱的词典里，没有重量、负担、危险，有的只是奉献、无私。在自己的孩子处在危险境地时，哪还顾得上考虑自己的安危。这就是亲情，这就是爱。

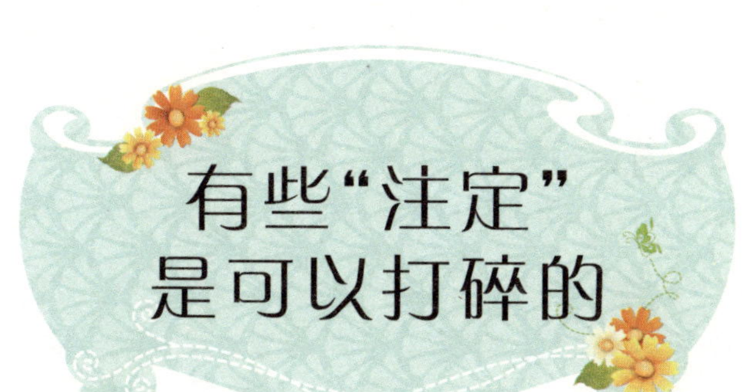

有些"注定"是可以打碎的

崔修建

我以优异的成绩考上乡里的初中时,好多人都劝父母快想办法让我转学,说那所中学念不念没多大意思,没准儿把学生耽误了。

父母何尝不想让我转学呢?可我最终还是进了那所没希望的学校,因为家里没门路,而且也交不起那一笔数额不菲的转学费。

进校不久,我就被这所乡中学的一切惊呆了——学校的办学条件的确是差极了,没水、没电、没住宿的地方,更重要的是师资力量太差,好老师都走光了,剩下的大多在混日子,教学质量一塌糊涂。连续三年的中考,重点高中、中专的上榜率竟然都是零蛋。有人甚至愤愤地说:"那学校是'零蛋'学校,趁早黄摊得了"。成绩好一点儿的学生或家里有门路的学生,都想方设法地转到外校去读书了,剩下的就是一些无可奈何地在那儿混毕业证的了。于是,恶性循环又开始了——老师没心思教,学生没心思学,人们不约而同地觉得:进这样的破学校,注定不会有什么收获的,注定没大出息了。

记得我上的第一节课就缺了 7 个学生,课堂上乱糟糟的像个闹市,老师无

精打采地照本宣科，学生在下面说话、打闹。我当时就想，天下恐怕没有比这更糟糕的学校了。

上了两个多月的课，学的东西少得可怜，我就回家跟父母说不想继续读书了。父母便唉声叹气道："都怪爹娘没本事，不能给你换一个好学校。"

看到父母那难过的样子，我又背上书包到学校去了，但不能说是去学习，只是打发空虚时光而已。初中一年级很快就过去了。

第二年，学校分来一个叫姜秀琴的长得很柔弱的师范毕业生，谁也没有想到，貌不惊人的她，用她满腔的智慧和爱意，竟在我们的心中播下了那么多希望的种子，竟影响了我和许多同学一生的走向。

记得她在第一节课上给我们讲了这样一个故事：一个家境异常贫困的男孩，几次饿昏在课堂上，她的母亲冒着雨走了100多里的山路，给他送来10个窝头和借来的两元钱。他对老师说只要让他吃饱饭，他就能考100分。后来，他考上了北京大学，又考上了研究生。我至今还清楚地记得那个故事的每个情节，记得故事的名字叫做《始于乡间状元路》。

故事讲完后，我发现很多同学和我一样，第一次像个大人似的低下了思索的头颅，因为我们比那个男孩还幸运一些，至少我们能够填饱肚子。

下课了，姜老师把我叫到一旁，问我："你挺聪明的，请你带个头，将大家所说的'注定'打碎，好吗？"

心潮正被那个感人的故事澎湃着，再看到姜老师那满怀深情的目光，我使劲儿地点点头。

姜老师的课讲得有趣极了。开始时一些调皮惯了的学生还不好好听课，故意弄出些动静气她，甚至有几次气得她直抹眼泪，课都讲不下去了，但很快大家就被她的认真、她对同学无私的爱感动了，都喜欢上她的课了。

姜老师的出类拔萃，反衬出其他一些老师水平的差劲。那几位混惯了日子的老师，在受到同学们的哄笑后，对姜老师更嫉妒了。他们不屑地说，就凭她一个刚毕业的小姑娘，三分钟热血，想改变这所破学校注定的结果，实在是太天真了。

后来有两个老师不愿意上课，姜老师就教我们语文、英语、物理和化学四门课程。一个老师担起初中四门主课的教学工作，这在那个年代恐怕也是十分罕见的。可以想象，她要付出怎样的心血。多少年后，当我向朋友讲述这段往事时，朋友无不惊讶地赞叹姜老师的学识和品性。

超负荷的工作，曾让姜老师几次累昏在课堂上。同学们深受感动，觉得再不玩命地学习就太不懂事了。于是，大家像大梦初醒一般，都开始认真地读起

书来，那份刻苦那份执著，也是别人难以想象的，我甚至将语文书和外语书整个背了下来。因为同学们和姜老师心中都燃烧着一个强烈愿望—— 一定要努力，打碎那个似乎已有的“注定”。

1983 年的秋天，一个让全乡父老乃至全县都震惊的好消息传出：多年来什么考试都是倒数第一、吃惯了升学率“零蛋”的乡中学，在这一年的中考中，竟奇迹般的有 5 人考入省重点高中、4 人考入中专、13 人考入普通高中。

累倒在病榻上的姜老师幸福地笑了，那些淳朴的家长和同学们也笑了，人人眼里都含着晶莹的泪花，为曾经的迷茫、曾经的热血沸腾、曾经的顽强拼搏，流出了那么多欣慰的热泪……

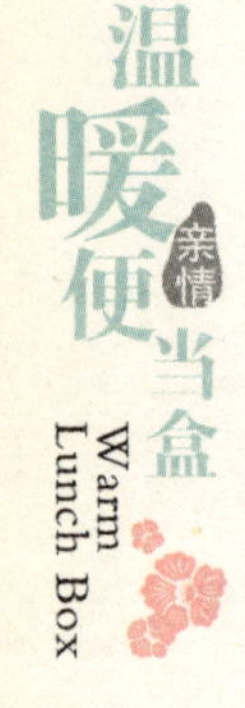

后来，乡中学备受关注，调整了领导班子，办学条件也大为改观，调入、调出了一批教师，教风大改，学风更浓了，教学质量逐年提高，越来越多的毕业生从这里奔赴祖国的四面八方。

15 年后，当年那个以优异成绩考入县城一中、如今已是一位小有名气的青年作家的我重返母校时，母校美丽的一切都已远远超乎了我的想象。当我坐在那宽敞明亮的大礼堂里，自豪地给在校的学生们讲述我们当年经历的那段难忘的往事时，我禁不住一再引用我尊敬的姜老师馈赠的那句一生铭记的格言——有些“注定”是可以打碎的。

智慧博客

“春蚕到死丝方尽，蜡炬成灰泪始干。”老师像落入人间的天使，用爱的雨滴滋润干涸的心灵，将勤奋的种子种在每个学生的心田。她给了“注定”无限的可能，让沉寂的梦想扬帆远航。

老师的泪水

杨旭辉

上高中的时候,我们班只是个普通班,比起由学校里抽出的尖子生组成的6个实验班来说,我们考上大学的机会不大,因此除几个学习好的同学很努力外,我们大多数人都只是等着毕业混个文凭,然后找份工作。

班主任兼英语老师是个刚从师范学院毕业的学生,他非常敬业,但是说归说,由于许多人抱着破罐子破摔的想法,我们的成绩仍然上不去,在全校各科考试中屡屡倒数。

直到高二的一次英语联考,张榜公布的我们班的成绩却破天荒地超过几个实验班的成绩,这使我们接连兴奋了好几天。

发卷的时候到了,老师平静地把卷子发给我们。我们欣喜地看着自己几乎从没考过的高分,老师说:"请同学们自己计算一下分数。"数着数着,我的分数竟比实际分数高出20分,同学们也纷纷喊了起来:"老师怎么多给我们算了20分?"课堂上乱了起来。

老师把手摆了一下,同学们静了下来。他沉重地说:"是的,我给每位同学

都多加了20分,这是我为自己的脸面也是为你们的脸面多加的20分。老师拼命地教你们,就是希望你们能为老师争口气,让老师不要始终在别的老师面前低着头,也希望你们不要总是在别的班的同学面前低着头。”

他接着说:“我来自山村,我的父母都去世得早,上中学时我曾连红薯土豆都吃不起。大学放暑假,我每天到建筑工地拉砖,曾因饥饿而晕倒。但我就是凭着一股要强的精神上完师范学院,生活教会我在任何时候都不能服输。而你们只不过是在普通班就丧失了信心,我很替你们难过。”

这时候教室里安静极了,我和同学们都低下了头。老师继续说:“我希望我的学生们也做要强的人,任何时候都不服输。现在还只是高二,离高考还有一年多的时间,努力还来得及,愿你们不靠老师弄虚作假就能得到足够的分数,让老师能把头抬起来,继续要强下去。”

“同学们,拜托了。”说完,老师低下头,竟给我们深深地鞠了一躬。当他抬起头的时候,我们看到他的眼睛里流出了泪水。

“老师！”班里的女生们都哭了起来,男生们的眼里也噙满了泪水。

那一节课,我们什么也没学。但两年后的高考,我们以普通班的身份夺得了全校高考第一名。据校长讲,这是学校的历史上从未有过的。

那一刻,我们每一个学生都记住了老师的眼泪。

智慧博客

文中的那位老师是千百万老师心灵世界的真实写照,他们无所求,无所取,只是为了桃李的芬芳,默默奉献着全部的心血,树立起人类伟大情感的丰碑。

理 解

丹·克拉克

一名店主在门上钉了一个广告牌，上面写着“出售小狗”。这条信息显然把孩子们吸引住了，一名小男孩出现在店主的广告牌下。“小狗卖多少钱呢？”他问道。“30 美元至 50 美元不等。”于是这个小男孩将手伸进口袋掏出一些零钱，“我有 2.37 美元，请允许我看看它们，好吗？”

店主笑了笑，吹了声口哨，一名负责管理狗舍的女士便跑了出来，她身后跟着 5 只毛茸茸的小狗，其中有一只远远地落在后面。这名小男孩立即发现了那只落在后面一拐一拐的

小狗,“那只小狗有什么毛病吗?”

店主解释说:“那只小狗的腿有问题,所以它只能一拐一拐地走路。”小男孩说:“就是那只小狗,我要买它。”

店主说:“你用不着花钱,如果你真的要它,我把它送给你好了。”

小男孩十分气愤,他瞪着店主的眼睛,“我不需要你把它送给我,那只狗和其他的狗价值应是一样的,我会付你全价。我现在就要付 2.37 美元,以后每月付 50 美分,直到付完为止。”

店主劝说道:“你真的用不着买这只狗,它根本不可能像别的狗那样又蹦又跳地陪你玩。”

听到这句话,小男孩弯下腰,卷起裤腿,露出他一条严重畸形的腿。他的左腿是跛的,靠一个大大的金属架支撑着。他看着店主轻声说道:“嗯,我自己也跑不快,那只小狗需要有一个能理解它的人。”

智慧博客

小男孩有一颗纯真的心,他并不因为小狗跑不快而嫌弃它,相反,他肯定了小狗的价值并且把它当做自己的患难朋友。这份爱令人感动,因为这份爱渗透着理解和宽容。

秘 密

崔鹤同

他 7 岁，上小学二年级，他有一双非常水灵的大眼睛，乌黑晶亮的不谙世事、清澈透明的大眼睛。凝视他眼睛的时候，老师常常会有一种错觉，以为那里面正噙着眼泪，像一潭水似的，晃动着，但不涌出来。

他是一个可怜的孩子，因为他父母离婚之后都各自有了家，他跟着年迈的奶奶一起生活。

奶奶只有微薄的退休金，祖孙俩有了吃的就没有穿的了，总有一样要凑合。这个孩子特别懂事。

小学生的作业本通常都是用得很快的，用不了多久就要买新的。没有一个同学对这件事有疑问。有一次，课间休息时，所有的同学都在操场上玩，只有他，嗫嚅着走到讲台旁，仰着小小的脸，伸出小小的手，他递给老师一支铅笔。他说："老师，我想让您以后用铅笔给我批改作业，这样，作业本用完了，我用橡皮一擦，就像新的一样了。"

老师注视着这个孩子的眼睛，发现孩子的脸特别圣洁。看着看着，老师就

想掉眼泪。老师接过了那支铅笔，对孩子说："这是我们两个人之间的秘密，我一定用只有我们两个人能看清楚的符号来批改你的作业。"

孩子特别开心，冲出教室，冲进同学当中。此后，有好几个星期的时间，老师真的用铅笔给他批改作业，而且悄悄地告诉他："如果你都做对了，老师就只写上优秀两个字，擦的时候也好擦。"这样，孩子一直保持了优秀的成绩。

后来，孩子的生日到了，老师买了整整100本小学生常用的练习本给他。老师说，这是对他作业一直优秀的奖励，而且，也是因为老师和他共有一个秘密。

这是一个伟大的秘密。

这个秘密的秘密就是自尊、自强、善良和爱。

智慧博客

藏在作业本中的秘密，包含着老师理解的心和博大的爱。橡皮擦去了作业本上的字迹，却擦不去作业本上写满的深情。约定的秘密如一粒种子，在岁月的花园里舒展情感的枝蔓，绽放出美丽的心灵之花。

杰克的圣诞橘子

劳拉·马丁布罗

9岁的杰克长着一头乱七八糟的褐色头发和一双天使般明亮的蓝眼睛。杰克从记事起就一直住在一所贫困的孤儿院里。那里只有10个孩子，杰克是其中之一。孤儿院的物质非常匮乏，唯一的经济和物质来源就是艰难地、持续不断地由这个城市里的居民们募捐。

孤儿院里的食物很少，不过，虽然孩子们平时总是饥一顿饱一顿的，但是每到圣诞节来临的时候，那里似乎总是有比平时多一点儿的食物可以吃，孤儿们似乎也比平时要居住得暖和一点儿。而且，这时候，孤儿院里总是或多或少地笼罩着一种喜气洋洋的节日气氛。当然，最重要的是，这时候，那里有圣诞节的橘子。

圣诞节是一年中唯一一个提供这种精美食品的时候，每一个孩子都把橘子当做珍宝一样看待，好像在这个世界上，再也没有什么食物比它更好吃了。他们用手抚摸着它，感觉着它那又凉爽又光滑的表面，一边赞美它，一边慢慢地享受着它那酸甜的汁水。真的，这是每一个孤儿的圣诞之光和他们所能得到的最好的圣诞礼物。因此，可以想象得出，当杰克收到他的橘子时，他将会感到多么喜悦啊。

可是，在圣诞节的前一天，杰克不知道在哪里踩了一鞋子的湿泥，而他自己一点儿也不知道。他从孤儿院的前门走进去，在新编的地毯上留下了一长串带着泥的脚印。更糟糕的是，他甚至没有注意到这一点。等到他发觉的时候，一切都已经太晚了。惩罚是不可避免的，而惩罚的内容却是出人意料的无情，杰克将得不到他的圣诞橘子。这是他能够从他所居住的这个冷酷世界里得到的唯一一份礼物。但是，在盼望他的圣诞橘子整整一年以后，他却得不到他的圣诞橘子。

杰克噙着眼泪恳求原谅，并且许诺以后再也不会把泥土带进孤儿院里来，但是没有用，他感到一种无助和被抛弃的感觉。那天夜里，杰克趴在他的枕头上哭了整整一夜。在圣诞节那天，他感觉内心空虚而又孤独。他觉得别的孩子们不想和一个被处以这样一种残酷惩罚的孩子在一起。也许，他们担心他会毁掉他们唯一一个快乐的日子。也许，他在心里猜想，之所以会有一道鸿沟横在他和他的朋友们之间，是因为他们害怕他会请求他们把橘子分给他一点儿。那天一整天，杰克一直孤独地待在楼上那冰冷的卧室里。他像一只受冻的小狗一样蜷缩在他的唯一的一条毯子底下，可怜兮兮地读着一本关于一个家庭被放逐到荒岛上的故事。

只要杰克拥有一个真正关心他的家庭，他并不介意他的余生会在一个与世隔绝的荒岛上度过。

最糟的是，睡觉的时间到了，杰克却怎么也睡不着。他怎么能够说他的祈祷词呢？他在又凉又硬的地板上跪了下来，轻轻地呜咽着，祈求上帝为他和像他一样的人们结束世间的一切苦难。

当杰克从地板上站起来，爬回到他的床上时，一只柔软的手摸了摸他的肩膀。他吃了一惊，接着，一个东西被轻轻地放在他的双手上。然后，给他东西的那个人什么也没说，就悄无声息地离开了房间，把不知所措的杰克一个人留在了黑暗里。

杰克把手里的东西举到眼前，就着昏暗的灯光，看到它好像是一个橘子。不过，它不是一个又光滑又闪亮、形状规则的普通橘子，而是一个特殊的橘子，一个非常特殊的橘子。是一个用橘皮碎片拼接在一起的，橘皮里有9片大小不一的橘子瓣儿。那是为杰克做成的一个完整的橘子。是孤儿院里的其他9个孩子从他们自己珍贵的几瓣橘子中每人捐出了一瓣，组成的一个完整的，送给杰克做圣诞礼物的橘子。那一刻，杰克泪如雨下。那是他收到的最漂亮、最美味的一个圣诞橘子！

智慧博客

在寒冷黑暗的孤儿院里，9个孩子用他们特殊的方式，让男孩过了一个毕生难忘的圣诞节。那个被拼凑而成的橘子，仿佛一面心灵的镜子，折射出孩子们纯真美好的内心世界，也让爱的阳光温暖人间。

刻骨铭心的两分

崔修建

那年，他的中考分数距重点中学的录取分数线只差三分，一位开煤矿的远房舅舅慷慨地为他掏了一年的学费，让他成了一名自费生。他格外珍惜那来之不易的读书机会，学习异常刻苦，成绩提高得也很快，高一时他的成绩已在班级排在第十五名。

正当他雄心勃勃地向前十名奋力冲刺时，不幸接连降临，先是父亲在采石场打工时不慎被一块飞落的石头砸断了两根肋骨，从此再不能干重活，而且为了治病还欠了不少债。接着，那位好心舅舅的煤矿出了事故，他为死伤者赔付了数额很大的一笔钱，煤矿也被关闭了。自然地，他的学费也就没有着落了。

眼看就要开学了，家里连他最低的生活费都拿不出来了，父亲叹息着念叨起令他心酸的家境，让他辍学回来帮他撑起这个家。他哭着请求父亲让他读完高中，他保证考上大学，以后会为家里挣更多的钱。

父亲勉强同意了，可他又给他出了一个难题——他得自己去筹借学费。他跑了好多亲戚家，说了无数的好话，掉了无数的眼泪，终于借够了高二学年的学费。父亲又卖了一些口粮，给他兜里揣了 80 块钱的生活费，让他开始了高二的学习生活。

这时，他的压力更大了，生怕自己学习落伍，对不住家人和亲友。他拼命地学习，是班级里每天起得最早、睡得最晚的一个，几乎把所有的时间都用在学习上了。他的勤奋，很快有了回报，高二上学期期末考试，他的总分排在了第六名。班主任老师在表扬他的时候，又告诉他一个好消息——如果他能够在期末考进前两名，学校就将免去他高三学年的全部学费。

老师的话令他激动不已，他心里暗暗地告诫自己——必须要冲进前两名，免去那笔如山一样沉重的学费。于是，他更用功了，几乎到了疯狂的地步。直到考试前一天晚上，虽说他已很有信心能够考好，但还是看书看到很晚才休息，因为这次期末考试对他来说实在是至关重要！

紧张的考试刚一结束，他便急切地向各科老师询问考试的结果。他的几门主科答得都比较好，但最拿手的政治却发挥

失常，比预计的少得了10分，他七门功课的总分排在了第三名，和第二名的王强只差一分，就差语文分数没出来了。这时，他的心都悬到了嗓子眼儿了，他怕语文成绩一向突出的王强再超过了他，那样他就……他实在不敢再往下面想了，晚上忐忑不安地来到了教语文的于老师家中。

于老师见到他，高兴地告诉他："你考得还不错，就是作文写得有一点儿偏题。"

听了于老师的话，他心里更慌了，急切地打听王强的分数，当于老师报出他俩分数一样时，他几乎要晕过去了，两眼呆呆地望着于老师，痛苦地呢喃着："完了，完了，一切都完了，我恐怕支撑不到高考了。"

于老师惊愕地追问他究竟是怎么一回事，他的眼泪刷地奔涌而出，他哭泣着向于老师倾诉了他那贫寒的家境、他异常的勤奋和他那至关重要的希望……

于老师听着他的哭诉，面带同情，久久无语。

忽然，一个大胆的念头闪过他的脑海，他猛地跪到于老师面前，急切地恳求道："于老师，求求您，求您一定帮帮我，借给我两分，我以后会加倍补偿的。"

"借给你两分？怎么借？"于老师不解地拉起他。

"就是您给我的作文多批两分，那样我的总分就可以超过王强，而家境宽裕、性格开朗的他，根本不会在意这次考试的一个名次，但那对我的意义却非

同寻常……”

于老师眉头紧锁地踌躇了几分钟，然后郑重地对他说：“那得有一个前提条件，我才可以考虑借给你两分。”

“于老师，只要您这次借给我两分，我答应您的任何条件。”他激动得心都要跳出来了。

“那好，以后你保证每次语文考试都要拿第一名，否则，我就在你正常的得分上减去 10 分，算是对你这次借分的加倍惩罚。”于老师向他提出了一个近乎苛刻的要求。

“我保证今后更刻苦地学习语文，不辜负老师的期望。”他大声地向于老师承诺。

因为于老师的暗中“关照”，他不仅如愿地被减免了学费，还被报送省“三好学生”，学校还发给他 200 元奖金。握着那几乎够他一学期生活费的奖金，片刻的兴奋后，他心里涌起一缕缕的愧疚，但他无法说出来，只是默默地告诫自己—— 一定要努力再努力，对得起学校和老师对他的关照和鼓励……

有了无形的动力和压力的他，可以说把勤奋学习发挥到了极致，尤其是语文这门功课，他投入了更多的精力，成绩明显地提高，高三学年大大小小的几十次考试，他的语文成绩稳稳地占据着班级里第一名的位置，仅有一次考了第二名，被于老师毫不客气地“惩罚”了 10 分。

最终，在那年的高考中，他考出了全校第一名的优异成绩，作文还得了满分，作为范文被报纸刊登了出来。填报志愿时，他没有选择北大、清华这样的名牌高校，而是毅然在所有的志愿栏里都填上了带“师范”字样的大学。

临上大学前，他满怀感激地再次向于老师致以深深的谢意，他真诚地说：“如果没有您当初借给我的那两分，我绝对不会有今天这样的成绩。”

于老师慈爱地笑了，“你是我第一次‘借给’分数的同学，事实证明我做对了,当初是因为相信你会做得很优秀,所以我才愿意助你一臂之力的……"

当他向已考上复旦大学的王强讲起那次借分的经历时,王强非但没有丝毫怪罪之意,反而有些懊悔地说:"你要是早点儿告诉我,我故意答错一道题不就行了,我不知道那对我其实并不重要的排名,却可以改变你一生的命运呢。"

再后来,他也成了一名让学生喜欢的语文老师。他在认真教书育人之余笔耕不辍,几年间,在各类报刊上发表了千余篇备受读者欢迎的文章。当他的第一本情感美文集《与心灵说话》出版后,他立刻想到了于老师,想到了于老师曾借给自己的那无比珍贵的两分,想起他那求学生涯中的许多难以忘怀的情节……

一天,当他把这段往事讲给他十分敬重的一位老教授时,老教授感慨地说:"这真是一件值得回味的往事,你遇到了一位好老师,他也遇到了一位好学生。你因为老师的勉励取得了更大的成功;老师因为自己的爱心,拥有了远远超出分数以外的收获。"

老教授的话不无道理,于老师当年举手之劳借给他的那两分,改变的绝不仅仅是他一个人一生的走向,它饱含的内容实在是很多很多……

智慧博客

老师借给学生的不仅仅是两分,更是点燃了孩子人生路上的希望之火,就像冬日里的一缕阳光,苦难中的一句鼓励,让每一颗热爱生活的心灵都不放弃对美好生活的渴望。

飘香的生命

和陌生人说话

刘心武

父亲总是嘱咐子女不要跟陌生人说话,尤其是在火车、大街等公共场所。母亲对父亲给予子女们的嘱咐总是随声附和,但是在不跟陌生人说话这条上却并不能率先履行,而且恰恰相反,她在公共场所最喜欢跟陌生人说话。

有一次,我和父母回四川老家探亲。在火车上,同一个卧铺空间里的一位陌生妇女问了母亲一句什么,母亲就热情地答复起来,结果引出更多的询问,她也就更热情地絮絮作答。我听母亲把有几个子女,都怎么个情况,包括我在什么学校上学什么的,都说给人家听。我急得用脚尖轻轻碰母亲的鞋帮,母亲却浑然不觉,仍乐呵呵地跟人家聊下去。母亲的嘴不设防,总以善意揣测别人,哪怕是对旅途中的陌生人,也总报以一万分的友善。

有一年冬天,我和母亲从北京坐火车到张家口去,坐的是硬座。对面有两个年轻人,面相很凶,身上的棉衣破洞里露出些灰色的棉絮。没想到,母亲竟去跟她对面的小伙子攀谈,问他手上的冻疮怎么不想办法治治,说每天该拿温水浸它半个钟头,然后上药。那小伙子冷冷地说:“没钱买药。”还跟旁边的小伙子对了对眼。我觉得不妙，忙用脚尖碰母亲的鞋帮。母亲照例不理会我的提醒，而是从自己随身的提包里摸出一盒如意膏，打开盖子，用手指剜出一些，要给那小伙子手上有冻疮的地方抹药膏。小伙子先是要把手缩回去，但母亲的慈祥与固执，使他乖乖地承受了那药膏。一只手抹完了，又抹另一只。他旁边那个小伙子也被母亲劝说得抹了药。母亲一边给他们抹药，一边絮絮叨叨地跟他们说话，大意是这如意膏如今药厂不再生产了，这是家里最后一盒了，这药不但能外敷，感冒了，实在找不到药吃，挑一点儿用开水冲了喝，也能顶事……末了，她竟把那盒如意膏送给了对面的小伙子，嘱咐他要天天抹，说是别小看了冻疮，不及时治，抓破感染会得上大病。她还想跟那两个小伙子聊些别的，那俩人却不怎么领情，含混地道了谢，似乎是去上厕所，竟一去不返了。火车到张家口了，下车时，站台上有些骚动，只见警察押着几个抢劫犯往站外走。我眼尖，认出里面有原来坐在我们对面的那两个小伙子。又听人议论说，他们这个团伙原来是要在3号车厢动手，什么都计划好了，不知为什么后来跑到7号车厢去了，结果事情败露被逮住了……我不由得暗自吃惊：我和母亲坐的恰好是3号车厢。看来，母亲的善良感动了那两个抢劫犯，他们才没对我们下手。

母亲晚年有段时间住在我家，有时她到附近街

上活动，那跟陌生人说话的旧习依然未改。街角有个从工厂退休摆摊修鞋的师傅，她也不修鞋，走上前去便跟人家说话。那师傅就请她坐到小凳上聊。他们从那师傅的一个古旧的顶针聊起，两人越聊越近：原来，那清末的大侧顶针是那师傅的姥姥传给他母亲的，而我姥姥也传给我母亲一个类似的顶针。聊到最后的结果是，那丧母的师傅认了我母亲为干妈，而我母亲也把他带到我家，俨然以亲子相待。我和爱人孩子开始觉得母亲多事，但跟那位干老哥相处久了，体味到了一派人间的淳朴真情，也就都感谢母亲给我们的生活增添了丰盈的乐趣。

现在父母去世多年了。母亲和陌生人说话的种种情景，时时浮现在心中，浸润出丝丝缕缕的温馨。但我在社会上为人处世，仍恪守着父亲那不跟陌生人说话的遗训，即使迫不得已与陌生人有所交谈，也一定尽量惜语如金，礼数必周而戒心必张。

前两天在地铁通道里，听到男女声二重唱的悠扬歌声，唱的是一首我青年时代最爱哼吟

的歌曲，那饱含真情、略带忧郁的歌声深深打动了我。我走近歌唱者，发现是一对中年盲人，那男人手里捧着一只大搪瓷缸子，不断有过路的人往里面投钱。我在离他们很近的地方站住，想等他们唱完最后一句再投钱。他们唱完，我向前移了一步，这时那男士仿佛把我看得一清二楚，对我说："先生，跟我们说句话吧。我们需要有人说话，这比钱更重要啊！"那女的也应声说："先生，随便跟我们说句什么吧。"

我举钱的手僵在那里，心里涌起层层温热的波浪，每个浪尖上仿佛都是母亲慈爱的面容……母亲的血脉跳动在我的喉咙里，我意识到，生命中一个超越功利防守的甜蜜瞬间已经来临……

智慧博客

尘世的喧嚣为人们筑起了一道道心底防线，究其根本，是人们对陌生世界的认识不够，缺乏信任感，因此失去了与他人接触的机会，但当故步自封的我们真正从怀疑中走出来，我们会发现世界其实一直在阳光下，只是我们撑起了伞。

今夜没人来开车

刘墉

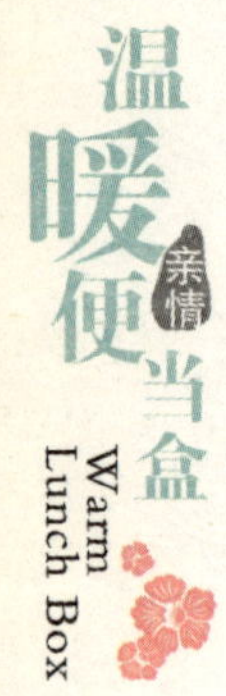

在这个长岛火车站的停车场，每天早上总是停满车子，每天晚上又总是空空荡荡的。因为许多在纽约、曼哈顿上班的人，早晨都从家里先开车到车站，搭火车进城，下班再搭火车回到这个车站，开车回家。

火车的班次多，不堵车，不误点。附近的上班族，几乎已经没有人再自己开车进城了。也由于每天总是同一批人，在同一时间，搭同一班车，彼此虽不一定知道名字，但都有了熟识的感觉，偶尔也说说笑话，聊聊天。但在“9·11”这天，在回长岛的火车上，不再有人说笑，每个人都板着一张脸，熟人见面只是点个头，就又把脸朝向窗外。

车子也比较空了，有些人在世贸中心倒塌之后，吓得提前回了家。有些人被困在城里，无法搭上车。当然，也有些人再也回不了家。

停车场上，车子一辆辆开走了，但是不像往日变得空空荡荡。直到深夜 12 点，仍有七八辆车停在那儿，没有动。

第二天早晨，有些车子驶来，跳下的人红着眼睛，把原来停在那儿的车开走，正好碰上许多人停下车子，准备去上班，彼此讲几句话，就抱在一起哭了。

这天深夜，停车场上剩下三辆车子。过两天，只剩下一辆了。这辆车一直停在那儿，一天又一天。

火车上有人开始提到那辆车，有人说好像是一对夫妇的，也有人见证："听他们两口子说，是在世贸中心上班。"更有人叹息："他们好像没有孩子，也没有亲人。不然也不会没人来领车子。"

据说单单在这个火车站，就死了 8 个老乘客，不是会计师、投资分析师，就是电脑工程师。还有 3 个属于同一家保险公司，在第一栋被撞的 100 层楼上上班，一下子全死了。

失事已经一个多礼拜了。附近的教堂每天都有葬礼，花店忙着四处送慰问的鲜花。也有许多花被送到停车场，就放在那辆空车的旁边。

花愈送愈多了，还有些上班族，直接在下班时，把花带到停车场，静静地摆在那车前，再默祷一阵离开。有人在车上贴了追思的文字、哀悼的诗，有人在地上放置了白色的蜡烛。

深夜，从远处望去，只见一片空空荡荡的停车场上，亮着一圈又一圈的烛光。

这一天是周末，许多人约好在那车子旁边，作个小小的追思。大家手牵着手，围着车子，一起唱圣歌。

“你们在干吗？”突然有人快步地跑来问。“嘘——”人们低着头，有人小声说，“追思我们死难的朋友。”“死难？”跑来的两个人叫了起来，“我们没死啊！”

大家一齐转头，嘴巴一起张得大大的，有个女人甚至尖叫起来：“是……是你们……”

“是啊。我们正好家里有急事，赶去加州。出事之后，飞机又停飞，所以直到今天才能回来。我们没死，我们正好躲过一劫。”大家全怔住了，十几秒钟没人说话。“奇迹！”终于有人叫了起来，“这不是奇迹吗？”有人过去，把那对夫妇一起紧紧地抱着。其他人像从梦中惊醒，也都喊着“感谢上帝”，冲过去，与他们紧紧拥抱。那对夫妇突然哭了：“我们才搬来不久，平常在车上很少跟大家说话。真没想到，你们这么关心我们、爱我们……”

从那天开始，由这一站上车的人走得更亲近了。大家对那对“曾经失踪的夫妇”尤其关心，都说他们是死而复生的，都不再称他们的名字，而叫他们“奇迹”。

智慧博客

心灵的距离是最遥远的距离，它超越了空间的极限。但当人的情感融入关爱，当人们真正从钢筋水泥的丛林中认识到真情的可贵，都市由冷漠瞬间变得温暖如春，世界也因此变成天堂。

难忘的体罚

［美国］兰妮·麦克穆林

也许,在这个世界的其他地方同样也有威信极高而能使所有学生都敬畏如神的老师，但肯定不会有哪位老师会像在我们镇上待了三十多年的弗洛斯特女士那样,差不多成了全镇老少的严师,让大家都服膺于心。

我不知道她是如何走进众人的心底的，至于我，那是因为一次难忘的体罚:挨板子。那是一次数学考试。考试前,弗洛斯特女士照例从墙上把那块著名的松木板子取下来,对我们说:“我们的教育以诚实为宗旨。我决不允许任何人在这里自欺欺人,虚度时日。这既浪费你们的时间,又浪费我的时间,而我早已年纪不轻了,奉陪不起——好吧,下面就开始考试。”说着,她就在那张宽大的橡木办公桌后坐了下来,拿起一本书,径自翻了起来。

我勉强做了一半,就被卡住了,任凭绞尽脑汁也无济于事。于是,我顾不得弗洛斯特女士的禁令,暗暗向好友伊丽莎白打了招呼。果然,伊丽莎白传来了一张写满答案的字条。我赶紧向讲台望了一眼——还好,她正读得入神,对我们的小动作毫无察觉。我赶紧把答案抄在了试卷上。

这次作弊的代价首先是一个漫长难熬的周末。晚上，我翻来覆去难以入眠，才迷糊过去，又被噩梦惊醒——连卧室墙上那些歌星舞星们的画像似乎都变成了弗洛斯特女士，真让我心惊肉跳。早就听人说过，教室里一只蚂蚁的爬动也逃不过弗洛斯特女士的眼睛，这么说，她只是故意装聋作哑罢了。思前想后，我打定主意，和伊丽莎白一起去承认错误。

周一下午，我们战战兢兢地站到了老师身边，“我们知道错了，我们以后永远不做这种事了，就是……”

“姑娘们，你们能主动来认错，我很高兴。这需要勇气，也表明你们的向善之心。不过，大错既然铸成，你们必须承受后果——否则，你们不会真正记住。”说着，弗洛斯特女士拿起我们的试卷，撕了，扔进废纸篓。“考试作零分计，而且——”看到她拿起松木板子，我们都惊恐得难以自持，连话也说不出了。

她吩咐我们分别站在大办公桌的两头，我们面面相觑，从对方的脸上看到自己的窘态。“现在你们都伏在自己身边的椅背上——把眼睛闭上，那不是什么好看的戏。”她说。

我哆哆嗦嗦地在椅背上伏下身子。听人说，人越是紧张就越会感受到痛苦，老师会先惩罚谁呢？

“啪”的一声，宣告了惩罚的开始。看来，老师决定先对付伊丽莎白了。尽管我自己没挨揍，眼泪却下来了，“伊丽莎白是因为我才受苦的。”接着，传来了伊丽莎白的呜咽。

“啪”，打的又是伊丽莎白，我不敢睁开眼睛，只是加入了大声哭叫的行列。

“啪”，伊丽莎白又挨了一下——她一定受不了了。我终于鼓起了勇气：“请您别打了，别打伊丽莎白了！您还是来打我吧，是我的错！——伊丽莎白，你怎么样了？”几乎在同时，我们都睁开了眼睛，越过办公桌，可怜兮兮地对望了一下。想不到，伊丽莎白竟然红着脸说：“你说什么？是你在挨揍啊。”

怎么？疑惑中，我们看老师正用那木板狠狠地在装了垫子的座椅上抽了一板，“啪”。哦，原来如此！

这便是我们看到的“体罚”，并无肌肤之痛，却记忆深刻。在弗洛斯特女士任教的几十年中，这样的体罚究竟发生了多少回，我无从得知。因为有幸受过这种板子的学生大约多半会像我们一样：在成为弗洛斯特女士的崇拜者的同时，独享这一份秘密。

智慧博客

身体上的疼痛远不如心灵上的悔恨让人记忆深刻。一颗迷失了的心灵，只需将它轻轻开启，让爱的轻风拂过，就会扫去心灵上的尘埃。在别出心裁的惩罚方法中，蕴涵了老师的智慧和对学生深深的爱。

粉红色的信笺

任丝路

不知从何时起，我的抽屉上了锁，内心也上了锁，再也不愿向妈妈吐露心中的不快。日记本上第一次出现了“代沟”这个词。有时因为一件小事，甚至只是一句不和气的话语，一个不理解的表情，就在我心里潜滋暗长几分烦恼。然而几个月前发生的一件小事，却深深地震撼了我。

那天早晨，寒风凛冽，妈妈忙拿出一件粉红色的外套让我穿上。望着那件外套我犹豫了。上周末，我与同学约定，每人只穿一件冷色调的毛衣，如果穿上外套，同学会骂我失约的。于是我断然决定：不穿！

“穿上吧，听话，外面很冷。”妈妈关切中带着一丝央求。

“我说不穿就不穿！”说完，我连饭也不吃，便匆匆离家。

“太不听话了，你走了就别回来！”妈妈生气了。

“不回来就不回来。”我赌气地一溜烟跑了。

不用说，那天只有我穿得很单薄，被冻得浑身直发抖。同学的失约使我感到委屈，又很后悔没有听妈妈的话。

天仿佛愈加冷了。好不容易挨到中午放学。怎么办？真后悔当初不该说得那么绝。唉，上姨妈家吧，这是唯一的退路了。一进门，却发现爸爸也在。不知怎的，不争气的眼泪像断了线的珠子一个接一个地掉下来。

“你怎么不回家呢？妈妈正在家等着你呢，她有点儿事不能来。”爸爸一边用他那宽厚的手替我拭泪，一边把手上的那件粉红色的外套递给我：“这是她让我拿来的，快穿上吧。”顿时，暖洋洋的外套抵御了寒冷，亲情的宽容使我释怀，无尽的悔恨占据了心田。

“晚上早点回家。”爸爸叮嘱道。

下午一下子过去了，在一阵犹豫、徘徊之中，我终于拖着沉重的步子回家，却没有力气去敲那扇再熟悉不过的大门。我在门缝中窥见，妈妈正低垂着头在揉着腿，门缝中透进的一线光照在妈妈脸上。我突然发现妈妈的头发失去了往日的光泽，眼皮和嘴角也松弛下来了。妈妈变老了，那是一种与她年龄极不相称的老。这时，屋里传来爸爸的声音：“这孩子太骄横了，你也是，明知她不会回来，何必一次又一次出门接她呢？现在好了，本来就不舒服，又摔了一跤，脚扭

了吧？”一种沉重的负罪感迫使我轻轻叩响了门。门开了，妈妈站在门旁注视着我。“妈妈”这两个字到了嘴边，却没开口。我径直走进自己的房间，猛然，看见书桌上有一张粉红色的信笺，上面这样写道：

女儿：

你已经长大了，也许有很多事不愿再跟妈妈说，但你知道吗？妈妈的爱是无私的。

无私的爱使妈妈唠唠叨叨，没完没了。

无私的爱使妈妈把自己当成了你的影子。

无私的爱造成了妈妈与你的隔阂。

一个有那么多缺点的妈妈，你还能爱她吗？

永远爱你的妈妈

看完了信，我的眼眶湿润了。我太任性，误解了那份无私的爱，真不该如此对待辛勤养育我、细心呵护我的妈妈。

从此以后，我和妈妈就常用这粉红色的信笺保持着“联系”。它记下了我一段段彷徨的心路，一个个年龄段的印记。粉红色的温馨使人感悟到：只要两代人之间经常沟通，相互理解，那么爱将不再是沉重的枷锁。

智慧博客

粉红色的信笺为彷徨找到了出路，为青春留下了印记，为理解找到了桥梁，它书写着爱的箴言，融化着两代人思想上的坚冰，让浓浓的亲情沁入每个人心底，唤醒每个人心底那缠绵弥久的感恩的情怀。

爱的诠释

争 平

在美国芝加哥的西北角，有一个叫罗爱德的小镇。几个月前，该镇的教育主管部门为镇里一位名不见经传的女教师举办了一次大型摄影展览，展出的都是女教师以她女儿为主人公的生活照片。出人意料的是，从美国各地来了2 800多名记者，打破了美国个人摄影展采访人数的历史纪录。2 800多人要吃要住，使得这个只有4 000余人的小镇上的大部分家庭成了临时的旅馆。

女教师名叫路易丝，今年46岁，自1991年起她一直在当地小学任教。她相貌平平，与众多的平民百姓一样，她曾经失业，还有一段时间因为经济困难而与丈夫吵架，曾经生病住院两个星期，也曾经举债度日。但她与众不同的就是坚持每天给女儿詹妮照一张相，从女儿出生到20周岁，足足照了20年，照了7 300多张。她把这项活动称为“女儿每天都是新的”。展览馆共有8层展厅，全部用于这次展览。8层展厅被分隔成宽3.5米、长1 500多米的展道，全都挂着詹妮的照片，从她出生到20周岁，以时间为序，一张连着一张。每张照片的规格都是一样的：高23厘米，宽20厘米，下面则写着拍摄时间和简要的

说明：

今天，詹妮呱呱坠地，来到了人间；今天，詹妮在妈妈怀里吃奶；今天，詹妮会笑了；今天，詹妮发烧竟然达到38摄氏度；今天，詹妮会喊爸爸妈妈了；今天，詹妮跟着妈妈上幼儿园……

据说，为了坚持不间断地拍摄，路易丝很少离开女儿詹妮，万不得已，她就请人代劳。20年间，她先后请丈夫和詹妮的爷爷、奶奶、外公、外婆等13人帮忙照了43张相片。

平心而论，这些照片，从拍摄技术到画面内容，都很平淡或平凡，甚至有千篇一律的弊病。比如詹妮在襁褓中的照片有110多张，坐童车的有90多张，躺着睡觉的有70多张，吃奶的有60多张，在浴缸洗澡的有50多张，吃饭的有1 500多张，看书的有140多张，打球的有90多张……

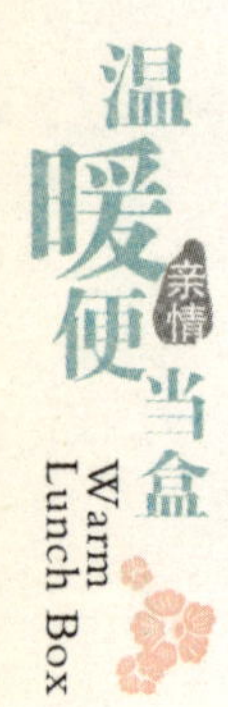

然而，就是这些平凡之至的照片轰动了整个美国，让全世界为之感动，因为它体现了路易丝对女儿詹妮永恒无私的爱。去年，路易丝因此被评为优秀教师。

永恒就是美丽，执著就是艺术，平凡造就伟大。这是人们对路易丝这种做法的崇高评价。

路易丝的伟大，在于她把众人都能够做却不屑于做的事，不但认认真真地做了，而且一做就是20年。

智慧博客

女教师用她对女儿生活细节的记录获得了崇高的评价。我们很少有人会花费20年时间坚持去做一件事，这也是我们没有轻松登上领奖台的根本原因。女教师的执著、坚持和认真使她轰动美国，也让我们懂得了——细节决定成败，平凡造就伟大。

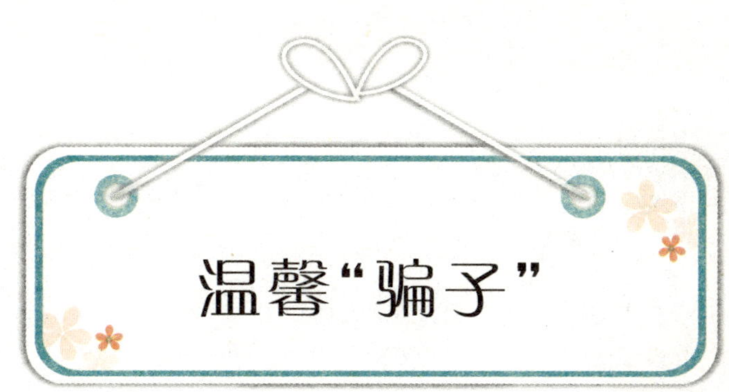

温馨“骗子”

谢甫武

朋友因为稿子的事,托我去打个下手。正干得不亦乐乎之时,习惯性地一瞅腕上手表,11 点 20 分, 急忙抄起电话往家里打:“妈……是我……今天中午我回家吃饭。”

朋友一听,急了:“你这伙计真不够意思,说好了中午一块儿聚聚,怎么又要开溜?再说这活儿还没完工呢?”

我赔着笑脸解释:“骗我老妈呢!自从我老爸老妈三年前从农村老家搬来和我们一起住后,我就常打电话骗他们。我妻子因为单位远,所以中午从不回家吃饭。我呢,因为干的是跑新闻的活,忙起来中午不回家吃饭也是常事。这样一来,只剩下他俩在家吃饭了。老人节俭了一辈子,一看我们不回家,就热热剩菜剩饭凑合着吃,没剩菜时就光煮点儿面条。爱喝两盅的父亲,有时就着一点儿咸萝卜也能下去半斤老白干。我和妻子苦苦劝了他们不知有多少次,可就是不管用。他们还说什么两个人吃不了多少,有菜还不如晚上留着一家人吃,香,值。后来我就琢磨出了这个点子,每天中午 11 点 20 分左右打电话给老妈,说

要回家吃。他们怕等我回去再炒耽误时间，知道我从单位到家也就20分钟，于是放下电话就忙活一阵，炒上一两个菜，耐心等着我回去吃现成的。我要是回去呢，就算是蒙对了，可我十次有六七次回不去。每当这时候，我就在11点50分左右再打电话，因为这时我估摸着他们都忙活完了。我说有事不能回去了，你们先吃吧。他们就只好满腹牢骚地慢慢享用炒好的菜了。”

说笑间，到点了。我又拿起电话："妈……是我……我有点儿急事，对不起，你们自个儿先吃吧……"

智慧博客

读罢文章，一幅父母慈爱，儿媳孝顺，合家其乐融融的画面浮现在眼前。父母一生节俭，有好菜都留着等儿子儿媳回来一起吃，儿子用温馨的谎言，尽一点儿孝心。多么希望这个世界上多一些这样的"骗子"。

财富、成功还有爱

水果选择

一个妇女看见有三位老人坐在她家的前院里，就对他们说："我想我不认识你们，但你们一定饿了吧，那就请进屋吃点儿东西吧。"

"我们不会一齐进屋的。"三位老人异口同声地答道。

"为什么？"妇女感到奇怪。

其中一位老人解释道："他叫'财富'，这是'成功'，而我则是'爱'，"他补充道，"现在你回屋去和你丈夫商量一下，愿意让我们中的哪一位进去。"

妇女便进屋把一切告诉了她丈夫。她丈夫说："我们请'财富'吧，让他进来，使我们的家充满财富。"妻子不同意："我说亲爱的，我们为什么不邀请'成功'呢？"这时，他们的女儿建议道："请'爱'会不会更好呢？那样我们的家就会充满爱了。""我们听女儿的吧。"父亲说。

于是，妇女便出来问道："请问哪一位是'爱'呀？请进屋做客吧。""爱"站了起来，向屋子走去。另外两个人也站了起来，跟在"爱"的身后。妇女很惊讶，便问"财富"和"成功"："我只邀请了'爱'，你们怎么也来了呢？"

三位老人再次异口同声地答道："如果你邀请'财富'或是'成功'，我们中的另外两位就会待在外面，但是既然你邀请了'爱'，无论他走到哪里，我们都会跟着他。因为哪里有'爱'，哪里就会有'财富'和'成功'！"

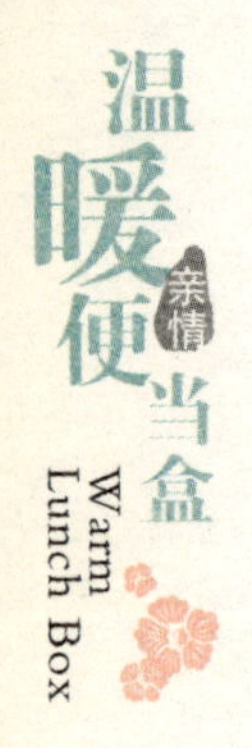

智慧博客

爱的力量是无穷的。爱的存在可以让一切事物变得美好，可以使财富和成功一直伴随你的左右，缺少爱的财富不会长久，没有爱的成功不会辉煌。拥有了爱，地球才是一个美丽的家园。

带笑脸回家

苗向东

一家公司经理挨了老板的骂，回到家对妻子大声呵斥，说她太浪费了，因为他看到餐桌上的饭菜太丰盛了；妻子对儿子大声呵斥，因为他干什么都磨磨蹭蹭；儿子吓了一跳，一紧张把盘子掉在地上摔碎了，然后他没好气儿地去扔盘子碎片，接着伤着了路上的行人……当我们遇到一件倒霉事，坏心情就上了身，如果没有及时克制，又带着坏心情去处理其他的事情，自然会产生连锁反应。

到一个朋友家去做客，见他家门口赫然挂了一块牌子，上面写道："带笑脸回家！"女主人说："有一回我回家，在电梯的镜子里看到了一张困倦、灰暗的脸，一双紧皱的眉毛，烦恼的眼睛……于是，我想，当孩子、丈夫面对这样愁苦、阴沉的面孔时，会有什么感觉？假如我面对的也是这样的面孔又会有什么反应？接着我想到孩子在餐桌上的沉默，丈夫的冷淡……我的态度不只是影响我，而会影响到一家人的情绪。于是我写了这块牌子，告诫自己每天回来都要带着笑脸，让一家人都享受家庭的温暖和天伦之乐。"

心理学家建议：当坏情绪刚刚冒头时，就立刻把它消灭掉，千万不要让坏情绪堆积起来，不要让坏心情影响家人，破坏家庭气氛。相反，人在快乐的时候，使人在面对困难及挫折时的承受力增加，对痛苦的接纳度也会变大，这个时候也最容易感染他人。

在这个世界上，家是一个充满亲情的地方，家是爱的结晶，是心灵的归宿。在这里，我们可以为所欲为，我们可以畅所欲言。家是永恒的挂念，是生命的港湾，家中的大门时刻为我们而开。家是一缕温和的阳光，是一丝暖人心扉的微风，是一方适合自己的净土，是一道长长的思念，有家的感觉真幸福。为此我们更要精心营造家的温馨。

那为什么我们有时候要让自己的眉头紧皱呢？为什么要无端地对着家人发脾气呢？劳累不是你的错，因为你要生存。但是你把这些委屈和怨言带回家，任其像烟雾一样弥漫，那家的美好就被你破坏了。要知道，你关闭的不仅是扇门，而是所有的阳光和温暖，你让一屋子的人都跟着你沉浸在黑暗和阴冷之中。如果你是一个有责任心的男子，请你在下班前就把所有的事务抛在脑后；如果你是一个贤惠的妻子，请你在开门前对着屋子微笑吧。把快乐带回家，家就会像阳光一样温暖，你将从家的温暖中获得滋润。

智慧博客

对每个人来说，家庭都是一个港湾，你是希望这个港湾里，每天阳光灿烂，春风和煦呢？还是希望每天乌云密布，暴雨倾盆呢？这都取决于你进门时的表情，你的笑脸，会让整个家庭温暖，就像歌里唱的："快乐会传染。"

一封寄往天堂的信

哈格斯

英国的一个城市里有位邮局职员叫弗雷德·阿姆斯特朗，是个送信高手，凡地址不详或字迹不清晰的死信，经他辨认试投，几乎无不一一被救活。弗雷德每天回到家，总是喜形于色地把一些新发现告诉妻子。晚饭后，他总是点了烟斗衔到嘴里，两只手领了小女儿、小儿子坐在院子里讲故事。他像个总能成功的侦探家般快活。生活像是一片晴空没半点儿云影。

可就在一个晴朗的早晨，他的小儿子病了，医生赶到后一筹莫展。次日，孩子就死了。

弗雷德的灵魂也死了。他的生活如今也像是一封地址不详的死信，失去了寄托。他每天早早起床，出门上班，走路像个梦游者；他坐在办公桌前，默默办公；下班回到家，默默吃饭；吃完饭，早早上床。可他的妻子知道，他常常整夜整夜地看天花板。

贤慧的妻子眼看他一天天消瘦，忧心如焚。她百般安慰，却一无所获。

圣诞节临近了，周围的欢乐气氛也不能冲淡这一家人的悲哀。本来是从年

初便跟弟弟一起翘首盼望年尾的玛丽安也变得沉默寡言起来，像是有心事。

这天，弗雷德坐在一个高凳上分发一摊信件。他捡起一个用彩色纸做成的信封，只见上边用蓝铅笔写着“寄交天堂奶奶收”几个大字——真是来无头去无尾，即便是去请教比利时大侦探波洛也无济于事。弗雷德轻轻地嘘了口气，正要顺手丢到一旁，但“寄交天堂”的字眼儿似乎把他的心触动了。他拆开信，信中写道：

亲爱的奶奶：

弟弟死了，爸爸妈妈很难过。妈妈说好人死了到天堂，弟弟跟奶奶会在一起。弟弟有玩具吗？弟弟的木马我也不骑了，积木我也不玩了，我藏了起来，怕爸爸看见伤心。爸爸烟也不抽了，话也不说了。我爱听故事，也不要爸爸讲了，让他早点儿睡。有一次我听见爸爸对妈妈说：只有主能解救他。奶奶，主在哪里呢？我一定要找到他，请他来化解爸爸的痛苦，叫爸爸仍旧抽烟斗，讲故事。

玛丽安

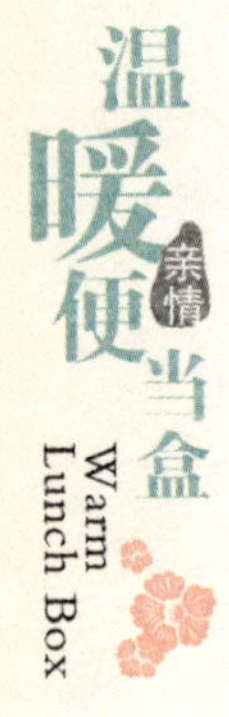

这天下班时，街灯已经亮了。弗雷德快步回家，他没注意自己的影子一会儿在前，一会儿移后，因为他把头抬起来向前看了。他踏上门阶，没有马上推门，却摸出烟斗，装上一袋，点了，才推门进去。他向迎上前来的妻子和女儿微笑着，徐徐吐出的一口烟，立刻把她们笼罩在久违的烟雾中……

智慧博客

失去了儿子的弗雷德仿佛失去了生活的信心，他不但忽视了身边所有关心他的人，也忽视了自我。女儿的一封信帮助了他，使他意识到他忽视的东西是多么重要。不管遭遇多少不幸，生活都要继续，亲人的关怀永远是我们活下去的理由。

真情

栾承舟

有一个富翁，年轻时家里很穷，他的父母都是农民，他从小就生活在一种饥饿和窘迫之中。节日的花衣服、过年的压岁钱、喜庆的爆竹、父母的呵护……这些本该属于孩子的权利，都与他无缘。

最使他难忘并终生感恩的是小伙伴们对他无私、真诚地帮助和呵护。只要小伙伴手里有两块糖果，肯定就会有他的一块；伙伴手里有一个馍馍，那肯定有他的一半。在贫穷和饥饿之中，还有什么比这更宝贵的东西呢？

一眨眼30年过去了。在这段时间里，世界上的许多事情都变了模样。此时，富翁步入中年，外出闯荡的他已今非昔比。30年的奔波劳碌、摸爬滚打，算计别人也被别人算计，富翁一路风尘地走过来了，成为了一个稳健、精明、魅力非凡的企业家。有一天，少小离家的他动了思乡之念，于是，在一个艳阳高照的日子里，富翁回到了家乡。当日，他走遍全村，感谢叔伯大爷、兄弟姐妹这些年来对父母的照顾，并每家送了一份礼品。夜里，富翁在自家的堂屋里摆桌请客，赴宴者全是从小光着屁股一块儿长大的玩伴，他们自然也是四十几岁的中年

人了。

按那里的风俗，赴宴者都要带点儿礼品表示谢意。大家来的时候，都带着礼品，有的还很丰厚。富翁令人一一收下，准备在宴席之后，请大家带回。当然，还有他馈赠的礼品。

正在大家热热闹闹、布菜斟酒的时候，门开了，一个儿时旧友走进门来，他的手里提着一瓶酒，连声说："对不起，我来晚了。"

大家都知道这个朋友日子过得很艰难，其情其境，一点儿不亚于富翁儿时。富翁起身，接过朋友提来的酒，并把他拉到自己身边的座位上坐下，朋友的眼里闪过几丝不易觉察的慌乱。

富翁亲自把盏，他举着手里的酒瓶，说："今天，我们就先喝这一瓶酒，如何？"一边说，一边给大家一一倒满，然后他们一饮而尽。

"味道咋样？"富翁问，所有赴宴者面面相觑，默不做声。旧友更是面红耳赤，低下了头。

富翁瞧了一眼全场，沉吟片刻，慢慢地说："这些年来，我走了很多地方，喝过各种各样的酒，但是，没有一种酒比今天的酒更好喝，更有味道，更让我感动……”说着，他站起身，拿起酒瓶，又一次一一给大家斟酒，“再干一杯。”

喝完之后，富翁的眼睛湿润了，朋友也情难自抑，流泪了。

他们喝的哪里是酒，分明是一瓶水啊！

世界上还有比这更感人的场面吗？还有比这更宝贵的东西吗？朋友不以贫穷自卑，提一瓶水也要去看看儿时的朋友；发迹的富翁不忘旧情，不以为忤，反而大受感动，情不自禁，以至于流泪，这瓶“水酒”真的是含着重如泰山、穿越世俗的真情啊！所以，当我们身左身右的人，在人生路上遇到艰难，陷入泥泞之时，朋友，请伸出你的手来，把你的温暖、关怀送给他们，把真情送给他们，他们将因此而充满笑迎风雪的勇气和力量……

真情，是人世间永远的太阳！

智慧博客

人在困境时，一句问候即是一阵春风，一杯水也是一股清泉。真挚的情感，抵得上黄金珠宝，它给人的是温暖与力量。

天堂回信

[美国]马戈·法伊尔

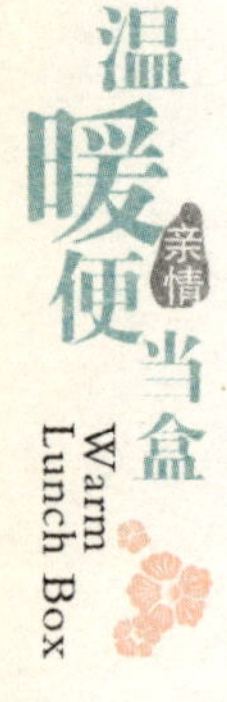

在1993年10月的一个清晨，朗达·吉尔看到4岁的女儿戴瑟莉怀中放着9个月前去世的父亲的照片。“爸爸，”她轻声说道，“你为什么还不回来啊？”丈夫肯的去世已经让她痛不欲生，但女儿的极度悲伤更是令她难以忍受，朗达想，要是我能让她快乐起来就好了。

戴瑟莉不仅没有渐渐地适应父亲的去世，反而拒绝接受事实。“爸爸马上就会回家的，”她经常对妈妈说，“他现在正上班呢。”她会拿起自己的玩具电话，假装与父亲聊天儿。“我想你，爸爸，”她说，“你什么时候回来啊？”肯死后朗达就从尤巴市搬到了利物奥克附近的母亲家。葬礼过去近两个月，戴瑟莉仍很伤心，最后外祖母特里施带戴瑟莉去了肯的墓地，希望能使她接受父亲的死亡，孩子却将头靠在墓碑上说：“也许我使劲儿听，就能听到爸爸对我说话。”

后来有一天晚上，朗达哄戴瑟莉睡觉时，戴瑟莉说：“我想死，妈妈，那样我就能和爸爸在一起了。”

“上帝啊！帮帮我吧，”朗达祈祷着，“告诉我该怎么办。”

1993年11月8日本该是肯的29岁生日。“我们怎么给我爸爸寄贺卡啊？”戴瑟莉问外祖母特里施。

“我们把信捆在气球上，寄到天堂去怎么样？”特里施说。戴瑟莉的眼睛立刻亮了起来。

她选了一个画着美人鱼的气球，图案的上方写着“生日快乐”。以前戴瑟莉经常和爸爸一起看美人鱼的录像。

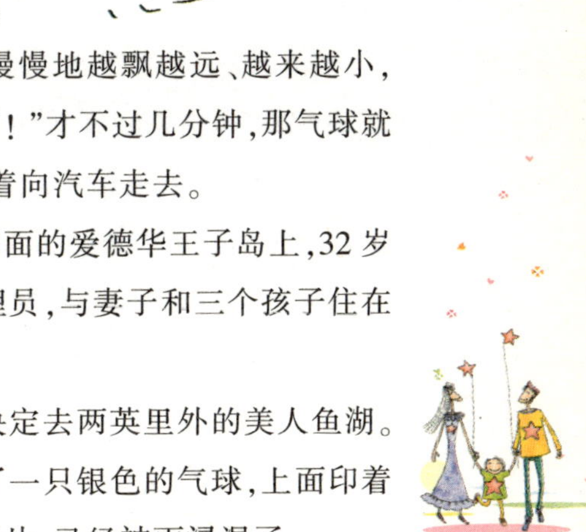

在墓前摆放鲜花时，戴瑟莉口述了一封给爸爸的信。“生日快乐，我爱你，想念你，”她说着，“但愿你在天堂能收到这个气球，在我一月份过生日时给我写回信，好吗？”特里施将那段话和她们的地址记在了一张小纸片上，裹上一层塑料，最后戴瑟莉放飞了那只气球。

将近一个小时，她们就看着那个闪亮的光点慢慢地越飘越远、越来越小，戴瑟莉却兴奋地喊道：“看啊，爸爸收到我的气球了！”才不过几分钟，那气球就不见了。“现在爸爸要给我写回信了。”戴瑟莉说着向汽车走去。

在一个寒冷有雨的11月的早晨，在加拿大东面的爱德华王子岛上，32岁的维德·麦金农准备出去打猎。他是一位森林管理员，与妻子和三个孩子住在美人鱼镇上。

但那一天他没有去经常打猎的地方，而突然决定去两英里外的美人鱼湖。在岸边的灌木丛中，他发现杨梅树丛的枝条钩住了一只银色的气球，上面印着美人鱼的图案，线的顶端系着一张包着塑料的小纸片，已经被雨浸湿了。

回到家，维德小心地将潮湿的纸片摊开晾干。妻子唐娜回来时，维德给她看了气球和纸片，上面写着："1993年11月8日，生日快乐，爸爸……"通信地址是加利福尼亚利物奥克。

"现在才11月12号，"维德说，"仅仅四天这只气球就飞越了3 000英里！""而且你看，"唐娜说着将气球翻了过来，"气球上印着美人鱼的图案，又正好落在了美人鱼湖边。"

"我们应该给戴瑟莉写封信，"维德说，"也许我们命中注定要帮助这个小姑娘。"

在沙勒特镇的书店里，唐娜·麦金农买了一本改编的《小美人鱼》。圣诞节过后几天，维德又买回了一张生日卡，上面写着："给我亲爱的女儿，温馨的生日祝福。"

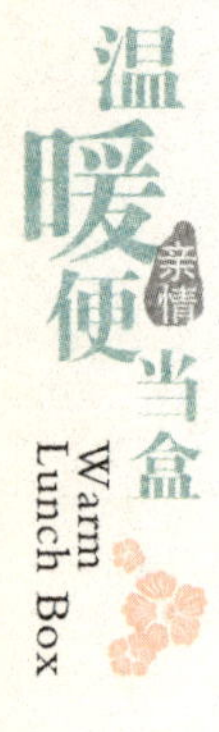

1994年1月3日，唐娜坐下来给戴瑟莉写了封信，然后将信夹在贺卡中，与书装在一起寄了出去。

1月19日的傍晚，麦金农夫妇的包裹到了，那时朗达和戴瑟莉已经回尤巴市了，特里施决定第二天再送过去。

那天晚上特里施看电视时，怀着好奇心，她打开了包裹，先是看到一张贺卡，上面写着："给我亲爱的女儿……"第二天清晨6点45分，哭红了眼睛的特里施将汽车停在朗达家的门前。特里施说："戴瑟莉，这是送给你的，"特里施将包裹放在她手里，"是你爸爸寄来的。""代你爸爸祝你生日快乐，"特里施念道，"我想你一定会奇怪我是谁。其实一切都是从我丈夫维德11月去打野鸭的那一天开始的。你猜他发现了什么？是你寄给你爸爸的美人鱼气球……"特里施停了一下，发现戴瑟莉的脸颊上闪烁着一颗泪珠。"天堂里没有商店，但你爸爸希望有人能帮他给你买一份礼物，所以他就选中了我们，因为我们就住在一个叫做美人鱼的镇上。"

特里施继续读着："我知道你爸爸一定希望你能快乐，而不要为他伤心；我知道他非常爱你,并会一直注视着你的成长。爱你的:麦金农夫妇。”

特里施读完信后看着戴瑟莉。“我知道爸爸不会忘记我的。”孩子说。

特里施眼里含着泪水,搂着戴瑟莉又读起了麦金农夫妇送的那本《小美人鱼》,这本与肯给戴瑟莉读过的那本有些不同,以前那本讲的是小美人鱼后来幸福地与英俊的王子生活在一起,而在这一本中,邪恶的女巫割断了小美人鱼的尾巴,杀死了她,三个天使将她带走了。

特里施读完,担心悲惨的结局会使外孙女伤心,但戴瑟莉却快乐地用双手托住了脸颊。“小美人鱼进天堂了!”她喊道,“爸爸送给我这本书,因为小美人鱼就像爸爸一样进了天堂!”2月中旬麦金农夫妇收到朗达的来信:“1月19日收到你们寄来的包裹时,我女儿的梦想实现了。”

以后的几个星期中,朗达母女经常与麦金农夫妇通电话。3月份时,朗达与戴瑟莉飞往爱德华王子岛探望麦金农夫妇。两家人穿着雪地鞋一起到湖边维德发现气球的地方。朗达和戴瑟莉都沉默不语,好像肯就在她们的身边。

如今戴瑟莉每次想要和爸爸说话时,就会打电话给麦金农夫妇,只有这种方式能安慰她幼小的心灵。

“人们都对我说:‘气球能落到那么远的美人鱼湖边,简直太巧了。’”朗达说,“但我知道是肯挑选了麦金农夫妇将他的爱带给戴瑟莉,她现在懂得了父亲的爱会一直陪伴着她。”

智慧博客

素不相识的一对夫妇却给了小女孩儿亲情的温暖,这个善意的举动是对一个幼小心灵的安慰与关爱,这份爱既来自人间又来自天堂,照亮了小女孩前方的路,也温暖了小女孩冰冷的心。

我的旅行伙伴

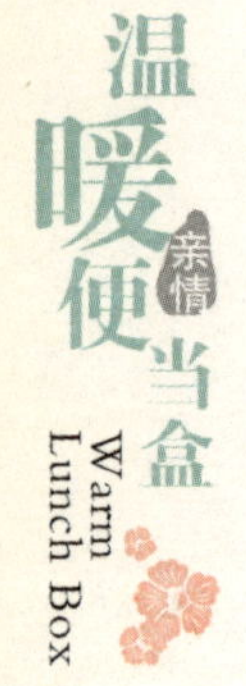

［美国］埃德蒙·W.波义耳

我是个商人，经常要到外地去洽谈生意，我觉得世上没有什么事情比跟一大群商人在某家汽车旅馆的咖啡店里一起就餐更令人感到孤独的了。

有一年，在我出差之前，我那五岁的女儿珍妮把一件礼物塞到我的手里。它外面的包装纸皱巴巴的，用了至少一英里长的磁带芯把礼物包裹成一团，无角无棱，不成形状。

我给了她一个拥抱，随即在她脸颊上亲了一下——就是那种父亲通常给予女儿的亲吻——然后开始动手拆开她送给我的小包裹。我感觉到里面的东西很柔软，因此我很小心，生怕把礼物弄坏。在我拆开她送给我的惊喜的时候，她站在我身旁，身上穿着那件稍稍显小的睡衣。

最先露出来的是一双珍珠般的黑色眼睛，然后是一个黄色的嘴巴，一个红色的蝴蝶领结和一双橘黄色的脚。原来它是一只玩具企鹅，立起来大约有 5 英寸高。

它的右前肢上用糨糊粘着一块小小的木头牌子，糨糊仍然是湿湿的，木头牌子上有手写的一句话："我爱我的爸爸！"在它的下面是一颗手工绘制的心，并且用蜡笔涂上了颜色。

眼泪顿时涌入我的眼睛，模糊了我的双眼，我立即在书桌上为它选了一个特殊的位置。

我总是频繁地出差，每次出差回来在家里的时间也不会很长。一天早上，我收拾行李的时候把那只企鹅放进行李箱里了。那天晚上，我打电话回家，珍妮显得很沮丧，她说那只企鹅不见了。"亲爱的，它在我这儿。"我解释道，"我一直带着它呢。"

从那以后，她总是帮我整理行李，亲眼看着那只小企鹅和我的袜子、刮胡子的工具一起放进箱子里。在那之后的许多年中，那只小企鹅伴随我走过了千万英里的路程，从美国到欧洲，跨越了千山万水。我们一起在旅途中结识了很多朋友。

有一次到阿尔伯克基，我在一家旅馆里订好房间后，就扔下行李，匆匆赶去参加事先约好的会。当我回到旅馆里，却发现床铺已经铺好，那只企鹅正靠在枕头上呢。

有一次在波士顿，一天晚上我回到我的房间，发现有人把它放在床头几上的一只空酒杯里——它还从来没有立得那么直呢。第二天早上，我把它放在一把椅子上。可是到了晚上，却发现它又立在那只空酒杯里了。

有一次在纽约的肯尼迪机场，一位海关检查员冷冷地要求我打开行李箱检查。我打开了。在我的行李箱顶部就放着我那亲密的小旅伴——女儿送我的企鹅。海关检查员把它拿起来，笑着说："这是我干这一行以来到现在所见过的最有价值的东西。感谢上帝！我们对爱不收税。"

有一天晚上很晚的时候，我打开行李箱，突然发现我的企鹅不见了，那时我已经离开了所住的那家旅馆并已经驾车行驶了一百多英里。

我赶紧给旅馆打电话。接电话的旅馆职员不相信我说的话，他态度有点儿冷淡。他大笑着说还没有人把它交到他那里去。但是，半小时之后，他打来电话说我的企鹅被找到了。

那时候时间已经很晚了，但我不在乎。

我坐进汽车,开着它行驶了几个小时只是为了重新找回我的旅行伙伴。我到达旅馆的时候已经临近午夜了。

那只企鹅正坐在旅馆的前台上等着我呢。在休息大厅里,疲惫的商人、旅行者们看着我们的重逢——从他们注视着我的眼神里,看得出他们很羡慕我。一些人走过来和我握手。其中一个男人告诉我,他甚至自愿要求在第二天亲自把它给我送过去。

珍妮现在已经上大学了,我也不再像以前那么频繁地出差了。在多数时间里,那只企鹅是坐在我的书桌上——它暗示着爱是旅途中最好的伙伴。在过去那些奔波在旅途中的岁月里,它一直陪伴着我。

智慧博客

小企鹅表达了女儿对父亲的思念与牵挂,她希望小企鹅能代表自己向爸爸表达这份爱。而父亲同样很爱女儿,一直把小企鹅带在身边。父女之间的感情真是令人羡慕,那么我们何不也给父母送一份爱的礼物呢?

高贵的施舍

杨汉光

一个乞丐来到我家门口，向母亲乞讨。这个乞丐很可怜，他的右手连同整条手臂断掉了，空空的衣袖晃荡着，让人看了很难受。我以为母亲一定会慷慨施舍的，可是母亲却指着门前的一堆砖对乞丐说："你帮我把这堆砖搬到屋后去吧。"

乞丐生气地说："我只有一只手，你还忍心叫我搬砖，不愿给就不给，何必刁难我？"

母亲不生气，俯身搬起砖来。她故意只用一只手搬，搬了一趟才说："你看，一只手也能干活儿。我能干，你为什么不能干呢？"

乞丐怔住了，他用异样的目光看着母亲，尖尖的喉结像一枚橄榄上下滚动，终于，他俯下身子，用仅有的一只手搬起砖来，一次只能搬两块。他整整搬了两个小时才把砖搬完，累得气喘吁吁，脸上有很多灰尘，几绺儿乱发被汗水润湿了，斜贴在额头上。

母亲递给乞丐一条雪白的毛巾。乞丐接过去，很仔细地把脸和脖子擦了一遍，白毛巾变成了黑毛巾。

母亲又递给乞丐20元钱。乞丐接过钱，很感动地说："谢谢你。"

母亲说："你不用谢我，这是你自己凭力气挣的工钱。"

乞丐说："我不会忘记你的。"他向母亲深深地鞠了一躬，就上路了。

过了很多天，又有一个乞丐来到我家门前向母亲乞讨。母亲又让乞丐把屋后的砖搬到屋前，照样给他20元钱。

我不解地问母亲："上次你叫乞丐把砖从屋前搬到屋后，这次又叫乞丐把砖从屋后搬到屋前。你到底是想把砖放在屋后还是屋前？"

母亲说："这堆砖放在屋前和屋后都一样。"

我生气地说："那就不要搬了。"

母亲摸摸我的头说："对乞丐来说，搬砖和不搬砖可就大不相同了。"

此后又来了几个乞丐，我家那堆砖就屋前屋后地被搬来搬去。

几年后，有个很体面的人来到我家。他西装革履，气度不凡，跟电视上那些大老板一模一样。美中不足的是，他只有一只左手，右边是一条空空的衣袖，一荡一荡的。

他握住母亲的手，俯下身说："如果没有你，我现在还是个乞丐；因为当年你叫我搬砖，今天我才能成为一个公司的董事长。"

母亲说："这是你自己干出来的。"

智慧博客

一味地施舍，只会让一颗卑微的心灵更加甘于贫困，而付出劳动后的收获，却让乞丐体会到什么是尊严，什么是劳有所获。他凭着那份自信，用仅有的一只左手，同样描绘出绚丽多彩的人生画卷。

公共汽车上的人

刘秀梅

上车时，我就注意到了她。一个衣着俗艳的女售票员，脸上有着似乎打了通宵麻将的疲倦，她的嗓音沙哑，面无表情地嚷着："上车的买票了。"在她挤过我的身边时，我厌恶地躲闪了一下。

车上上来一位抱小孩的乡下女人，干枯的头发胡乱用旧格子围巾裹着，过时的衣服缀着补丁。没有谁瞟她一眼。大家都盯着窗外——有家"海鲜楼"开张，请了乐队吹打着好热闹。

女售票员叫道："哪位同志给这位抱小孩的让个座？"没有反应，有看窗外的，有低头看手机的，还有对着镜子补妆的……

就连乡下女人也木然着，她似乎还没意识到与她有关。女售票员又叫了一遍，乡下女人倒明白了是为了她，脸上有窘羞的神情，仿佛为惊扰了他人而抱歉。

一个急刹车，慌张的女人险些跌倒。女售票员倒处变不惊地边卖着票，边固执地叫着：“哪位同志给这位抱小孩的让个座？”但是仍没有人回应。

女售票员挤到一个染着栗色短发的女孩身边示意她起来让个座，仍是不带什么表情。女孩很不情愿地起了身，乡下女人终于抱着孩子坐下了。

下车时，我已对那位衣着俗艳的女售票员改变了印象。因为为了一个衣衫陈旧的乡下女人，“哪位同志给这位抱小孩的让个座？”这句话她固执地重复了11次。

智慧博客

爱是爱心，爱是真心，爱是人类最美丽珍贵的语言。在售票员眼中，爱是不分等级、不分阶层的，所以爱是正大无私的奉献。学会爱你身边的每一个人，你的心会变得像水晶一样纯洁、透明、美丽。

包利民

有一次和朋友在街上闲逛，路旁有个垃圾堆，清洁工人已经把垃圾都装上了车，可是车却怎么也发动不起来，那个清洁工人很着急。朋友忙跑过去，不顾脏乱和难闻的气味儿，用力地帮他推车。几经努力，车终于发动了。我对朋友说："你也不嫌脏，那味儿多难闻！"朋友看着我，给我讲了一个故事。

在他上大学的时候，校园后面的围墙下是一个大垃圾场，学校里每天都有大量的垃圾堆放到这里。有一个五十多岁的老工人开着一辆破旧的车来运垃圾，一车一车，每天不知要跑多少趟。在一次上大课的时候，白发的老教授忽然问了大家一个与课堂内容不相关的问题："你们谁能告诉我每天运走校园垃圾的那个人的名字？"大家一片茫然，老教授又问："那你们谁能给我描述一下那个人的样子？"下面仍然一片寂静。老教授感叹地说："你们不会注意他的！因为他只是一个运垃圾的。谁会想到10年前，他也曾站在这里给学生们讲课。后来他因病告别了讲台，几年后病体恢复，他没有应邀再来授课，而是买了一辆旧货车，每天往城外运送校园里的垃圾，不要一分钱！"学生们都呆了，仿佛在

听着一个美丽的童话，可是这是事实，是触动人心的事实！

老教授接着说："今天早晨我经过那个垃圾堆，他的车陷在泥里，束手无策。当时有很多晨跑的大学生经过他身旁，却看也不看他一眼，是我帮他把车推上来的。一个人应该理解别人的劳动，更应该尊重别人的劳动，关心别人。在别人有困难时主动伸出双手，是做人应具备的最起码的品质。可我们大学生又做了些什么呢？没有一个健全的心灵，有再多的知识

又有什么用？”

阶梯教室里静得可以听见大家忏悔的心跳声，老教授的话像一柄重锤，敲开了每个人心中的那扇门，那一刻，大家仿佛长大了许多。

我问：“后来呢？”

朋友说：“有一次在往车上装垃圾时，他的病忽然发作，倒在垃圾堆上，再也没有起来！他的追悼会，几乎所有的学生都参加了！”

我默然，为自己刚才的心态而羞愧。很久以后的一个夏天，我和女友一起逛街，路过一个臭味冲天的垃圾场，一群清洁工人正在清理。女友一脸厌烦地掩住鼻子，神情很是不屑。我说：“你不该这样看他们，没有他们就没有清洁的城市。”然后我给她讲了朋友说的那个故事。

她听完，停住脚步，回头凝视着那一群身影，久久不语。

智慧博客

所有的生命都是从平凡开始的，平凡人平凡的贡献打造了美丽的生活，漠视平凡就是在漠视美丽。于平凡中透出伟大，尊重平凡，这才是生命中飘香的真意。

逆风的香

林清玄

阿难是佛陀的十大弟子之一。

有一天,阿难独自在花园里静坐,突然闻到园中的花随着黄昏吹来的风,飘过来一阵一阵的花香。

平常有风吹着花香的时候,由于心绪波动,不一定能闻到花香。当心静下来的时候,又不一定有风吹来,所以也闻不到花香。

那一个黄昏,阿难的心情特别宁静,又是春天——花朵最香的时节;正好春风洋溢,缓缓吹送。在这么多原因的配合下,阿难闻到了有生以来最美妙的花香。

花香围绕着阿难,花香流过他的身心,然后流向不可知的远方。这些花香使阿难从黄昏静坐到夜里舍不得离开,这些花香也使阿难非常感动。

在感动中,阿难宁静的心也随花香飘动起来,他想到了一些从未想过的问题:草木都是开花的时候才会香,有没有不开花也会香的草木呢?花朵送香都限制在一个短暂的因缘,有没有经常芬芳的花朵呢?春花的香飘得再远也有一

个范围，有没有弥漫全世界的香呢？所有的花香都是顺风飘送，有没有在逆风中也能飘送的香呢……

阿难想着这些问题，想到入神，竟然使他在接下来的几天无法静心。有一天，阿难又坐在花香中出神，佛陀走过他静坐的地方，就问他："你的心绪波动，到底是为了什么呢？"阿难就把自己苦思而难解的问题请教了老师。

佛陀说：守戒律的人，不一定要开花结果才有芬芳，即使没有智慧之花，也会有芳香。有禅定的心，就不必要在因缘里寻找芬芳，他的内心永远保持喜悦的花香。智慧开花的人，他的芬芳会弥漫整个世界，不会被时节范围所限制。一个透过内在开展戒、定、慧的品质的人，即使在逆境里也可以飘送人格的芬芳！

阿难听了，垂手肃立，感动不已。佛陀和蔼地说："阿难，修行的人不只要闻花园的花香，也要在自己的内心开花——有德行的香。这样，不管他居住在城市或山林，所有的人都会闻到他的花香！"

如果我们的内心就是一个花园，人生的哪一天不是最美的花季呢？

如果我们的内心春风洋溢，人生的哪一个时候不是最好的春天呢？

如果我们有着怜爱、珍惜、欣赏的心，即使在人生的无寸草处行走，也会看见那美丽神奇的一瞥。

所以，花季的时候，不要忘了在自己的心里种花。

智慧博客

花园里的花受时间、风向、范围的限制，花香时有时无，而我们内心的花却长久地盛开在我们心间，花香弥漫，与我们相伴永远。智慧之花，色虽淡雅，却有馨香，心灵结果，味未必甜，却也丰硕。

爱的故事

［美国］安妮·尼尔森

一个失去了双亲的小女孩与奶奶相依为命，住在楼上的一间卧室里。一天夜里，房子起火，奶奶在抢救孙女时被火烧死了。大火迅速蔓延，一楼已是一片火海。

邻居已呼叫过火警，无可奈何地站在外面观望，火焰封住了所有的进出口。小女孩出现在楼上的一处窗口，哭叫着救命，人群中散布着消息：消防队员正在扑救另一场火灾，要晚几分钟才能赶来。

突然，一个男人扛着梯子出现了，梯子架到墙上，人钻进火海之中。他再次出现时，手里抱着小女孩，然后把孩子递给了下面迎接的人群，男人却消失在夜色之中。

调查发现，这孩子在世上已经没有亲人了。几周后，镇政府召开群众会议，商议谁来收养这孩子。

一位教师愿意收养这孩子，说她保证让孩子受到良好的教育。一个农夫也想收养这孩子，他说孩子在农场会生活得更加健康惬意。其他人也纷纷发言，论说把孩子交给他们抚养的种种好处。

最后，本镇最富有的居民站起来说话了："你们提到的所有好处，我都能给她，并且能给她金钱和用金钱能够买到的一切东西。"自始至终，小女孩一直沉默不语，眼睛望着地板。

"还有人要发言吗？"会议主持人问道。这时一个男人从大厅的后面走上前来，他步履缓慢，似乎在忍受着痛苦。他径直来到小女孩的面前，朝她张开了双臂。人群一片哗然，他的手上和胳膊上布满了可怕的伤疤。

孩子叫出声来："这就是救我的那个人！"她一下子蹦起来，双手死命地抱住了男人的脖子，就像她遭难的那天夜里一样。她把脸埋进他的怀里，抽泣了一会儿，然后抬起头，朝他笑了。

"现在休会。"会议主持人宣布……

智慧博客

这是一则让人忍不住落泪的故事。真正的爱不光用语言表达，它更体现在行动上，不论是孩子还是老人，需要的是真爱。真爱无言，于心深处。

掌 声

剑 锋

“并不是每一个人的表演都能赢得热烈的掌声。”

三叔一见我，就对我讲他年轻时候的事，开头总是这么一句。我对这样开头的故事从不感兴趣，也就没有一次认真听完过。

后来，三叔病重，我去看他。他一见我，立刻精神起来，脸上泛着红晕，似乎很有光泽。三叔让我坐下，他很吃力地讲，还是那个故事，还是那个开头。然而这一次，我听得认真，三叔却讲得很短。

“并不是每一个人的表演都能赢得热烈的掌声。”

“那年，我听同学进行毕业演讲。每一个同学讲完后都有热烈的掌声响起，演讲的同学便觉得很光彩，眉飞色舞的。可最后一位同学，有点儿口吃，讲的内容也不怎么样。他讲完后，没人鼓掌，有人开始嬉笑，有人开始抱怨主持人怎么找这个人上去令人扫兴。那时我正分心，躲在课桌下面看小说，那同学演讲完走下讲台，我习惯性地鼓掌——只有我一个人在鼓掌，我不知发生了什么，就见那同学抱着头哭了起来……

“后来，我踏上了工作岗位，意外地收到了那位同学的来信：‘我永远记得你，是你给了我以后继续演讲的勇气和信心。要不是你那热烈的掌声，说不定我会口吃一辈子。’他说，他现在正专门从事演讲事业……

“真没想到，那天我无意的掌声会改变一个人的一生。以后便想，不管演员演得怎样，我们都要给他真诚的热烈的掌声。对我们来说，这也许并不重要，但对他们来说，却非常重要。”

我不由自主地抓住三叔的手，这样好的故事，为什么我以前就没认真听呢？

这天三叔上了手术台再没下来。他的儿子告诉我，三叔上手术台前让他转告我，谢谢我听了他这么多年的唠叨，特别是最后一次。

我的泪流了很久。

智慧博客

掌声也是与他人沟通的一种方法，一个微笑、一句话语，就能和对方达成心灵上的默契。给别人一声鼓励、一句赞美，或许可以带给他一份希望、一份力量。所以不要吝惜你的双手，让它们发出肯定、赞美的声音吧！

美好的约定

叶　欣

那是一个阳光明媚的下午，男孩和女孩在医院的走廊上相遇了，在四目相对的一刹那，两颗年轻的心灵都被深深地震撼了，他们都从彼此的眼睛中读出了那份悲凉。从此以后，男孩和女孩相伴度过了一个又一个日出日落，昼夜晨昏，两人都不再感觉孤独无助了。

终于有一天，男孩和女孩被告知他们的病情已到了无法医治的地步。男孩和女孩都被接回了各自的家。他们的病情一天比一天严重起来，但男孩和女孩谁也没有忘记他们之间曾经有过一个约定，他们唯有通过写信这种方式来交换着彼此的关心与祝福，那每一字每一句对他们来说都是一种莫大的鼓舞。

就这样，日子过得飞快，转眼已经过了3个月。3个月后的一个下午，女孩手中握着男孩的来信，安详地合上双眼，嘴角边带着一抹淡淡的微笑。她的母亲在她的身边抽泣着，她默默地拿过男孩的信，一行行有力的字跃入眼帘："……当命运捉弄你的时候，不要害怕，不要彷徨，因为还有我，还有很多关心你、爱你的人在你身边，我们都会帮助你，爱护你，你绝不是孤单一人。"

女孩的母亲拿信的手颤抖了，信纸在她的手中一点点湿润了。

第二天，母亲在女孩的抽屉里发现了一沓儿写好、封好但仍未寄出的信，最上面一封写的是："妈妈收"。女孩的妈妈疑惑地拆开了信，是熟悉的女儿的字迹，上面写道："妈妈，当您看到这封信的时候，也许我已经离开您了。但我还有一个心愿没有完成。我和一个男孩曾有一个约定，我答应他要与他共同走过人生的最后旅程，可我知道我也许无法履行我的诺言了。所以，在我走了之后，请您替我将这些信陆续寄给他，让他以为我还坚强地活着，相信这些信能多给他一些活下去的信心……女儿。"母亲的眼眶再一次湿润了。

女孩的母亲按信封上的地址找到了男孩的家。她看到了桌子正中镶嵌在黑色镜框中的照片上的那生气勃勃的男孩。女孩的母亲怔住了，当她转眼向那位开门的妇人望去时，那位母亲早已泪流满面。她缓缓地拿起桌上的一沓儿信，哽咽地说："这是我儿子留下的，他一个月前就已经走了。但他说还有一个与他相同命运的女孩在等着他的信，等着他的鼓舞。所以，这一个月来，是我代他寄出了那些信……"说到这儿，男孩的母亲已经泣不成声。这时，女孩的母亲走过来，紧紧抱住了男孩的母亲，喃喃地道："为了一个美好的约定……"

智慧博客

爱心不仅可以延续生命，更能使精神永驻。去爱爱你的人和你爱的人，爱会让生命的意义更长久、更永恒，即使生命早已流逝，但是爱却永存人间。

图书在版编目(CIP)数据

温暖便当盒：亲情 / 崔钟雷主编.—哈尔滨：哈尔滨出版社，2011.6
（青春格子铺）
ISBN 978-7-5484-0603-7

Ⅰ. ①温… Ⅱ. ①崔… Ⅲ. ①散文集–中国–当代
Ⅳ. ①I267

中国版本图书馆 CIP 数据核字（2011）第 090271 号

书　　名：温暖便当盒——亲情

主　　编：崔钟雷
副 主 编：刘　超　那兰兰
责任编辑：刘　勇　李金秋
责任审校：陈大霞
策　　划：钟　雷
装帧设计：稻草人工作室

出版发行：哈尔滨出版社（Harbin Publishing House）
社　　址：哈尔滨市香坊区泰山路 82–9 号　　邮编：150090
经　　销：全国新华书店
印　　刷：洛阳和众印刷有限公司
网　　址：www.hrbcbs.com　　www.mifengniao.com
E–mail：hrbcbs@yeah.net
编辑版权热线：（0451）87900272　87900273
邮购热线：（0451）87900345　87900299　87900220（传真）　或登录蜜蜂鸟网站购买
销售热线：（0451）87900201　87900202　87900203

开　　本：787 × 1092　　1/40　　印张：6　　字数：120 千字
版　　次：2011 年 6 月第 1 版
印　　次：2011 年 6 月第 1 次印刷
书　　号：ISBN 978-7-5484-0603-7
定　　价：15.80 元

凡购本社图书发现印装错误，请与本社印制部联系调换。　服务热线：（0451）87900278
本社法律顾问：黑龙江佳鹏律师事务所

敬 启

本书的编选参阅了一些报刊和著作，由于多种原因我们未能与部分入选文章作者（或译者）取得联系，在此深表歉意。敬请原作者（或译者）见到本书后，及时与我们联系，我们将按照国家有关规定支付稿酬并赠送样书。

联系方式

地址：黑龙江省哈尔滨市香坊区汉水路110号

邮编：150090

联系人：吴晶

电话：0451-55174988